「達ってごらん。キスしてあげるから」
うなじに顔を埋め、ライハーンは囁いてくる。首輪ぎりぎりの位置に唇が触れ、強く吸い上げられて、羨は声もなく背を丸めた。
「――――ッ！」

Cocktail Kiss Label

共鳴するまま、見つめて愛されて

葵居ゆゆ
Yuyu Aoi

この物語はフィクションであり、実在の人物・団体・事件等とは、いっさい関係ありません。

Contents

イラスト・北沢きょう

共鳴するまま、見つめて愛されて

電車を乗り継いで到着したのは、ずいぶんのんびりした田舎だった。

九月とはいえ、都心では真夏と変わらない暑さだったのに、ここは風が涼しい。申し訳程度にコンビニや銀行のある駅前を離れると、ほどなく畑や田んぼが広がって、だだっぴろい道の先には山々が連なっていた。

のどかというより、拒《こば》まれているようなよそよそしさを感じる眺めだった。高村羨《たかむらぜん》はもう一度、会社から支給されているアプリを確認した。

アルバイトとして雇われている「アイカトータルライフサービス」は、掃除などの家事代行を主に、ある層に向けては特殊な性的サービス――プレイも提供している。プレイを希望する客は、会社のサイトに登録されたキャストのプロフィールを見て、自分の好みにあった相手を選ぶことができる。その際、オプションとして家事代行も一緒に申し込めるようになっていた。

今回羨を指名して申し込みがあったのは、今日から二週間、泊まり込みでの一軒家の片付けの手伝いと、一時滞在の外国籍の男の相手をする、という内容だった。

片付けはきつくてもかまわないが、泊まり込みというのが気がかりだ。どんなプレイを要求されても逃げられない気がする。交通網の発達した都内ならともかく、このあたりでは家を飛び出してもすぐに見つかってしまうだろう。

(――でも、今回は、絶対逃げちゃだめだ)

逃げたらクビだと、社長の間花《あいか》から直々に言われていた。指名制度がなくランダムに派遣される家事代行の仕事だけなら評判がよくても、より稼げるのはプレイの仕事だ。「そっちが目的で雇ってやったのに、全然役立たずじゃない」と顔をしかめた間花は、羨が黙っていると忌《いま》々《いま》しげにため息をついた。

「せめてもうちょっとしおらしくしなさい。あなたなんかを指名するような客はね、生意気そうなのを屈服させるのが好きなの。さっさと泣いて這《は》いつくばればいいのに、意地を張るから反抗的だって言われるのよ。今だって、なぁにその目つき」

いやな子、と吐き捨てられても、羨は黙っていた。「あなたなんか」と口にする人間は謝ったとしてもどうせ怒る。失敗続きの羨を彼女はすでに見限っていて、厄介払いしたいのだとわかっていた。普段は受けない遠方の依頼を受けたのは、羨がどうせ逃げると見越してのことだろう。逃げれば給料を払わずにすむ、と考えているに違いなかった。

だからこそ、絶対に逃げられない。定期収入がなければ、やっと借りたアパートだって出ていかなければならないのだ。

羨が雇ってもらえたのは三か月前で、性的なサービスを提供することも承知の上だった。ただ身体を使うだけで、その場限り従順なふりをすればいい。相手を憎んだままでもいいのだから、きっとできると思っていた。

だが、実際に相手と会い、プレイが始まると、猛烈な恐怖と拒否感、悪寒《おかん》が襲ってきて、とても耐えられなかった。結局、プレイの仕事を八回受けて、一度も完遂したことがない。

自分でも不甲斐ないと思う。セックスなんて誰でもすることで、過去にいやな経験をしても、乗り越えている人だってたくさんいる。ひとりで生きていくと決めた以上、これくらい頑張れて当たり前なのだ。

（ちゃんと仕事して、ちゃんと金をもらって——貯めたら資格を取って、別の仕事をするんだ）

羨は誰にも頼らずに生きていきたかった。そのためにはまず、金が必要だ。住んでいた場所から逃げてきて以来二年間、さまざまな職を転々として、やっと見つけたのがこの仕事だった。クビになったら、また一からやり直しだ。

幸い、羨は今日誕生日を迎えた。ようやく成人したのだ。三か月前は年齢を偽って雇ってもらったけれど、もう少し頑張れば、次は嘘をつかずに、今よりいい仕事にありつくこともできるはずだ。

絶対逃げない、と呟《つぶや》いて、アプリのかわりに地図を表示させ、それを頼りに国道をそれて坂道を進む。慢性的な体調不良に悩まされる羨にとってはきつい坂で、十分も歩くとだるくなってきた。息も上がり、だんだん細くなる道に不安になるころ、突き当たりに古い家が見えてきて、そこが目的地だった。

まばらに建つ家はどこも敷地が広いが、目的の家はひときわ庭が広い。もとは芝生で手入れされていたようだが、今は雑草が伸びていた。立派な石の門柱に隠れて息を整えてから、羨は中に足を踏み入れた。

古い二階建ての建物はどちらかといえば洋風の、味わいのある造りで、開けっぱなしの玄関から、茶色いものが飛び出してきた。

ぎょっとして身構えた羨に、元気よく吠《ほ》える犬がじゃれついてくる。ふさふさの毛並みに笑ったような口元だが、かなり大きく、動物に慣れていない羨は後退《あとずさ》ってしまった。

「こらこら、梅丸《うめまる》、お客さんに飛びついちゃだめだよ」

今度は横のほうから急に声がして、びくりとして見れば、低い樹木の陰から、麦わら帽子をかぶった若い男性が立ち上がったところだった。犬は素直に彼のもとへと駆け寄り、男性は犬を撫でながら羨に笑顔を見せた。

「もしかして、アイカトータルライフサービスの方ですか？」

「――はい」

羨はぐっと唇を引き結んで相手を見返した。そうしながら、サイズのあわないTシャツの襟の位置を直す。痩せたせいで鎖骨がすぐに見えてしまう。肌を見せようが見せまいが、仕事ですることは変わらないのだが、せめて初対面のときくらいは蔑《さげす》まれたくなかった。

よろしくお願いします、と言いかけた羨に近づいてきて、男は暑そうに帽子を取った。もわっと癖毛が膨れ上がったが、そこに獣の耳はなく、身構えた羨は少し拍子抜けした。依頼主ならば、獣の耳を持っているはずなのだが。

「さっそく来てもらえて助かります。僕は山下《やました》ジョシュといいます。申し込みしたのは僕ですが、雇い主になる人は家の中にいるので、先に挨拶《あいさつ》してきてもらえますか？」

「……わかりました」

ジョシュと名乗った男はそばかすの浮いた童顔で、青い目が穏やかそうだった。羨が「サービス」する男の部下とかだろうか。一時滞在だと書いてあったから、この家は別荘のような場所なのかもしれない。

広い玄関から中に入り、すみません、と声をかけたが、誰も応《こた》えない。仕方なく靴を脱いで、そろそろと廊下を進むと、ふいに話し声がした。

瞬間、空気が重さを増した気がした。ぐらりと身体がかしぎ、羨は壁に手をつこうとした。いつもの目眩《めまい》だと思ったのだが、痛みが胸を突き抜けて、頭が熱くなってくる。反対に手足は冷えて力を失い、崩れるようにうずくまった。

「……っ、ふ……っ」

床が冷たい。身体のあちこちが痺《しび》れて痛む。動きたいのに動けない。風圧のようなものが家の奥から漂ってきて、それが羨を押しつぶすかのようだ。

耳に届く声は英語で、電話をしているようだった。おそらく雇い主の声だろう。落ち着いて穏やかなはずのその声が圧の元だと気づくと、ぞっと鳥肌が立った。

(――これ、グレア、だ)

いつもの体調不良じゃない。下腹の奥がじんじんするのは、グレアを浴びたときの反応だ。

（っ……声だけで姿も見えなくて、俺に向けられたわけじゃないのに、なんでこんな……っ）

羨は震える手で苦しい胸を押さえた。性器は意思に反して張りつめ、ジーンズの股間を押し上げている。自分の性を悔しいと思うのはこんなときだ。ふいにグレアを浴びせられても倒れたりしないよう、普段から外出時は気を張っているつもりだし、まして今日は仕事だから、十分身構えていたのに、立ち上がることもできなかった。

それだけ強力なグレアなのだろう。発した雇い主——Ｄｏｍがどんな人間かを想像すると、背筋がいっそう冷たくなる。

きっと、暴力的なくらい支配欲の強い男に違いない。

逃げなきゃ、と向きを変えようとして、羨は躊躇《ちゅうちょ》した。逃げたらクビだ。でも、こんなに露骨に反応したまま、これほど強力なグレアの持ち主と顔を合わせるのもいやだった。せめて落ち着くまでこの場を離れようと、玄関へ這うように手を伸ばす。

「きみ、どうした？」

深くなめらかな声に、びくん、と全身が震えた。流暢《りゅうちょう》な日本語《にほん》だが、聞こえていた英語と同じ声だった。わずかに残ったグレアが、振り返らなくてもわかる。息もできなくなった羨のすぐそばに、彼が膝をついた。

「具合が悪いのか？」

「…………っ」

大きな手が背中に触れてきて、羨は咄嗟に振り払った。触るな、と言うかわりに睨《にら》み上げ、相手の姿に思わず目を見張る。

そこにいたのは、金色のたてがみに縁取られたライオンの顔を持つ男だった。初めて見る完璧な獣頭。Ｄｏｍだ。

世界の人口のうち、セカンドボディタイプ（ＳＢＴ）を持つのは15％ほどに過ぎない。ＳＢＴを有する人のうち、一番多いのが羨の属するＳｕｂであり、Ｄｏｍは少数派だが仕事や芸術などの能力に秀でており、社会的成功者の多い、いわゆる「勝ち組」だ。狼《おおかみ》や豹《ひょう》、きつねなど、獣の特徴を頭部に備えているため一見してＤｏｍだとわかるのだが、たいていは獣の耳だけで、目の前の男のように完全な獣頭を持つのは珍しい。

一般に支配と所有の性と言われ、恋愛対象――セックスの相手として、同性のＳｕｂを好む。気に入れば徹底的に独占したがる性質があり、自分のものとして「所有」する一環で、セックスの最中にはコマンドと呼ばれる語句によって、ＳｕｂをコントロールＳする。その際によく使われるのがグレアだ。威圧感や熱感、ときにはフェロモンとして感じられる特殊な力で、ＳＢＴを持たない者には意味をなさないが、Ｓｕｂには強力に作用する。恐怖で動けなくなることもあるし、性的に興奮し、理性にかわって本能が強くなる場合もある。

グレアはＤｏｍの意思だけでなく、感情の起伏によっても発散されることがあった。その強

さはＤｏｍとしての強さを示すと言われており、さきほどの圧倒的なグレアはいかにも目の前の男に相応《ふさわ》しかった。完全な獣頭もまた、Ｄｏｍとしての強さの証《あかし》だからだ。

雄々しい猛獣の顔の中、理知的でいながらどこか妖しい紅い瞳が気遣わしげに細まって、ひんやりした手が頬を包んだ。

「きみはＳｕｂなんだな」

確認する口調に、かっと顔が熱くなる。羨はよく、Ｓｕｂらしい見た目だと言われるのだ。黒髪になめらかで艶《つや》のある肌。勝ち気な性格を表すかのような切長の瞳は潤むとかえって色気を帯びて見え、唇はふっくらと赤い。誘っているとか、もの欲しげだとか評される自分の外見が、羨は嫌いだった。

羨望の眼差しで見られるＤｏｍと違って、Ｓｕｂは世間から、劣った存在のように思われている。Ｄｏｍの欲望と対《つい》になる本能を持ち、命令され、所有され、支配されることを望むからだ。そして、一度でもＤｏｍと行為を行えば、Ｓｕｂは一人では生きていけなくなる。定期的にＤｏｍに「欲求」を満たしてもらわなければ、飢えて体調不良を起こしてしまうのだ。その状態は予備発情と呼ばれ、このせいでＳｕｂは「Ｄｏｍに愛玩されるだけの弱い存在」、「抱かれなければ生きていけない存在」とみなされていた。

羨も、二年前、望まないかたちで予備発情の身体になった。

（でも俺は弱くない。Ｄｏｍに所有されるのなんて絶対にごめんだ）

Ｄｏｍは嫌いだ。無言で睨んだ羨に、ライオン頭の男が宥《なだ》めるように微笑《ほほえ》みかけた。

「ジョシュが家事手伝いの派遣サービスに申し込んだと言っていたが、Ｄｏｍの家だとは聞いていないか？　手違いなら今からでも……」

「手違いじゃないですよ、ライハーン様」

玄関からジョシュが現れ、羨ははっとして俯《うつむ》いた。みっともない顔を見られたくなかった。

「整理には少なくとも一か月はかかりそうじゃないですか。場所柄、フリーのＳｕｂは見つかりそうもないので、何人かご用意しようと思ってたんですが、ちょうど家事手伝いもプレイもＯＫっていうサービス会社が見つかったので、お願いしたんですよ。彼にはひとまず二週間で依頼しているので、相性がいまいちだったらチェンジすればいい」

「――そういうことは先に言ってくれないか。彼が来るとわかっていれば、グレアも出ないように気をつけておけたのに」

男にため息をつかれ、羨は羞恥で死にたくなった。依頼はジョシュの独断で、男自身にはその気がないのだ。なのにこっちは、自分に向けられたわけでもないグレアで昂《たかぶ》ってしまった。

「おや、その人、もう発情しちゃったんですか？」

無遠慮なジョシュの言葉に唇を噛《か》むと、男――ライハーンが二度目のため息をついた。

「ジョシュ、そういうことは口にするものじゃない。二階で休ませるから、庭の掃除を続けてくれ」

（……え？）

下を向いたまま、羨は意外に思った。ライハーンの声は呆れているようだが、その相手は羨ではなく、ジョシュかのような口ぶりだ。普通こういうときは、みっともなく反応したSubを軽蔑するのがDomのはずなのに。

「きみ、立てるか？」

先に立ち上がったライハーンは、羨の腕を摑《つか》んで引き上げる。羨はふらつく足を踏みしめ、自力で立とうとしたが、すぐにバランスを崩してよろめいた。

「歩くのは無理そうだな」

危なげなく支えたライハーンが羨を抱き上げようとしてきて、咄嗟に身をよじった。

「離せ……っ、しばらくじっとしてれば、歩ける……っ」

「休むのは廊下よりベッドのほうがいいだろう。私のグレアのせいだから、遠慮しなくていい」

ライハーンは羨の抵抗をものともせず、横抱きに抱え上げた。慣れない抱かれ方に強張《こわば》ると、見ていたジョシュが玄関のドアを開けながら笑みを浮かべた。

「二、三時間は庭にいるようにしますから、ごゆっくりどうぞ」

「……っ」

屈辱感で目眩がしそうだった。好きでこんなふうになるわけじゃない。なのに、ジョシュはこのあと羨が抱かれるのが当然だと思っている。

(そりゃ、そういう仕事だけど……俺はプレイなんか嫌いなのに)

Ｄｏｍがいればすぐに媚《こび》を売って擦り寄るのがＳｕｂだ、なんて思われたくない。ジョシュだけでなく、ライハーンにもだ。

全身で拒絶を示すように、羨は身体を強張らせたまま顔をそむけた。ライハーンはゆっくりと階段を上がっていく。動くと彼の身体が見た目以上に逞《たくま》しいのが伝わってきた。肩が触れた胸の筋肉のつき方や、抱いた腕の力強さ。グレアはもう放出されていないが、かわりにかすかに甘くスパイシーな匂いがして、じんと頭の芯が痺れた。

(やばい……意識、飛び、そう……)

さっき反応してしまった股間は、まだおさまる気配がない。すうっと視界が暗くなるような、意識が遠のく感じは貧血で倒れるときに似ていて、それだけは避けたいと羨はいっそう硬くなった。気絶しているあいだに犯されるのはごめんだ。

軋《きし》む階段を上がり、奥の部屋へとライハーンは羨を運ぶ。八畳ほどの部屋はベッドと脇に置かれた小さな棚以外、なにもなかった。キングサイズのベッドに丁寧に下ろされ、熱い身体が離れた途端、張りつめていた意識が一瞬ゆるんだ。

「――――う、……っ」

びんっ、と刺激が駆け抜け、濡れた感触が股間に広がる。腰が波打ち、羨は愕然《がくぜん》とした。

まさか、運ばれただけで達《い》くとは。

「きみ、パートナーはいないんだな」

仰向けになった羨のそばに腰かけ、ライハーンが全身に視線を這わせてくる。

「性的なサービスも仕事のうちなら、プレイは定期的にしているのかと思ったが……この様子では、しばらくしていないだろう」

淡々とした口ぶりに、悔しさと惨めさで首まで熱くなった。

「あんたには、関係ないだろ」

「関係はないが、申し訳ないとは思っているよ。普段はグレアの扱いには気をつけているんだが、電話中に少し苛立《いらだ》ってしまってね。誰もいないと思って油断していたから、きみを発情させた責任は取りたい。楽になったら帰るといい。会社には私からチェンジを頼んでおく」

「……っ困る」

咄嗟に、羨は身体を起こした。

「会社には言わないで、……、ください」

素でラフにしゃべりかけ、慌てて丁寧な口調を作る。

「二週間で申し込んでもらってるから……チェンジなんてされたら、クビになるんです」

「きみに非がないことはちゃんと伝えるよ」

ライハーンはそう言ってくれたが、あの社長のことだ、どんな理由であれ、羨をクビにするに違いない。お願いします、と羨は頭を下げた。

「ちゃんとする、ので……二週間、働かせてもらえませんか」

「ちゃんとするって、でもきみ、」

「ほんとに、なんでもします。掃除は得意だし料理もできます。プレイも、その、あんたの希望どおりにする、から」

言いながら、悔しくて目の奥が熱くなった。こんなこと頼みたくないのに。

（でも、金を貯めないと一生このままだ）

負けっぱなしではいたくなかった。羨は重たく感じる手を突き出した。

「契約、してください」

ＤｏｍとＳｕｂは「契約」をしなければならない。どういう理屈でそれが成立するのか、いろんな学説があるというけれど、羨自身は重要だと思ったことがない。建前としては、Ｓｕｂの同意なしにはＤｏｍはなにもできないが、彼らはこちらを強いグレアで圧倒し、無理に契約を結ぶこともできるからだ。羨の「初めて」もそうだった。そのせいで性暴力事件もあとをたたないのに、契約した以上は合意だとみなされて、Ｓｕｂは泣き寝入りすることがほとんどだという。

だが、無理やりにせよきちんと合意があるにせよ、Ｄｏｍは契約を結ばないと行為はしない。契約なしのセックスは、Ｄｏｍの本能を満たさないらしい。

ライハーンの紅い目を睨むように見つめると、彼はしばらく考えて、羨の手を取った。獣の顔が伏せられ、鼻と唇が手の甲に押しつけられる。

「きみと契約しよう。……そういえば、名前も聞いていなかったな」

「ゼンです」

源氏名を考える気になれず、仕事ではカタカナ表記を使っていた。なのに、ライハーンはたたみかけるようになおも聞いてくる。

「ゼンか。どういう漢字？　ちゃんと発音したいんだ」

「……羨ましいって書いて、ぜんって読みます」

おまえには関係ない、と言いたいのを飲み込んで答えると、ライハーンは目尻を下げて微笑んだ。金色のたてがみが光をまとって揺れる。

「いい名前だね。私はライハーンだ。ライハーン・アミール・ヴィクトリア」

名乗って、もう一度唇を押しつけてくる。ライオンのひげが肌にあたってくすぐったく、ずいぶん丁寧にするんだな、と羨は思った。

(——この人、変わってるのかも)

Ｄｏｍは Ｓｕｂと見ればすぐに興味を惹《ひ》かれ、可愛がってみたくなるらしいが、デリヘルで来た相手の扱いまでが丁寧なわけではない。契約はＤｏｍからの口づけとＳｕｂの同意で成り立つが、事務的にさっさとすませる者や、契約前から羨を跪《ひざまず》かせ、キスしたあとは足を舐めろと言ってくる者もいた。

でもライハーンのやり方は、まるで普通に恋をして見つけた相手にするみたいだ。百獣の王の頭部を持っていても、性格は穏やかそうだった。

いくらかほっとすると、顔を上げたライハーンが髪に触れてきた。汗で張りついた前髪を、そっと払われる。

「少しは緊張がとけたかな。空調は入れてあるが、暑くはないか？」

「……大丈夫です」

腹の底をくすぐられたような感じがして、羨は視線を逸《そ》らした。逃げ出したいのをこらえて、声を押し出す。

「できたら、早くすませてもらえますか」

「そうだな。だいぶつらそうだ」

くすりと笑われ、そういう意味で言ったんじゃない、と思ったが、ライハーンの指が額から耳へとすべって、なにも言えなくなった。

(くすぐったい……この人の触り方)

ごくかるく、触れるか触れないかの強さで、ひんやりした指が動いてゆく。耳の後ろの窪《くぼ》みに触られるとひくりと喉が鳴り、体温が上がるのがわかった。

「私は過度なプレイは好まない。きみが望むなら激しくしてもかまわないが、どちらがいい？」

「あ、——んたの、好きなようにで、いいです」

答えると声が乱れていて、羨は膝を閉じあわせた。さっき達したばかりだというのに、分身がすでに痛くなりはじめていた。ライハーンは指を喉元へと移動させた。

「ではセーフワードを決めよう。普通に、REDでかまわない？」

羨はびっくりして、思わずライハーンを見上げた。

「セーフワード？　……俺、派遣サービスの人間ですけど」

DomとSubがプレイをする場合、Domがいきすぎたコマンドを出したり、望まない行為をしようとしたときに拒めるよう、セーフワードと呼ばれる特定の言葉を決めることがある。拒む理由はなんでもよく、たとえばはじめてはみたが気が乗らないというだけでも、Subはセーフワードを使うことができる。唯一Subが使えるコマンドであり、Domにとっては絶対的な強制力があるものだ。どの単語をセーフワードにするかは双方合意で決めるのだが、一般的には「RED」を使う——のは羨も知っている。

けれどそれは、普通の、恋人同士などで使うものだ。セーフワードはいらないと言って決めたがらないDomもいるし、まして仕事ならば、対価として金銭をもらう以上、プレイを拒む権利はないと客は思っているだろう。羨もそう理解していた。だからこそ、無理だと感じたときは逃げ出すしかなかったのだ。

「NG事項はプロフィールのページに……あ」

できない行為は会社に申告してあり、アイカトータルライフサービスのサイトで表示されるプロフィール欄に記載される仕組みだった。しかし、ライハーンは自分で申し込んだわけではないので、知らないのだろう。それに気づいて、羨は言い直した。

「痛いのとか、苦しいとかでなければ平気です」

正直に苦手なことを書けば全部できないので、どうしても無理そうな暴力的な行為だけを会社には申告していた。ライハーンは訝《いぶか》しげに首をかしげる。

「仕事でプレイするのでも、セーフワードは必要だろう。予想もしてなかったことをされたらどうするんだ？」

「どうって……それは」

「セーフワードを用意しないのがSubの愛情や服従心をはかるのに役立つと考えるやつもいるらしいが、私はセーフワードなしにプレイはしない。自分の好みを押し通すだけでは意味がないからね」

きっぱりと告げて、目を覗《のぞ》き込もうとするように、羨の顎《あご》を持ち上げた。

「REDでいいね。無理なことがあれば使うんだ」

「――はい」

じん、と身体のどこかが痺れた。こんなDomもいるのだ、というのが新鮮だった。

羨が会ったことのあるＤｏｍは、誰もセーフワードのことなど口に出さなかった。最初の、羨をみじめな身体にした男もだ。

優しくするだけだよ、と囁《ささや》いた楽しげな声が蘇《よみがえ》り、羨は瞬間、ぶるりと震えた。

「どうした？　怖い？」

すかさずライハーンが聞いてくる。いいえ、と返事して、羨は息を整えた。一見紳士的でも、気を許すわけにはいかない。

「続けてください。……服、脱いだほうがいいですよね」

「きみのこれまでの相手は、ずいぶん雑なＤｏｍだったんだな」

ため息をつき、ライハーンが顔を近づけた。ちゅ、と額に口づけられる。

「痛いのと苦しいの以外が平気なら、きみは私のコマンドに従うだけでいい」

よしよし、と頭まで撫でられて、羨は首を振って彼の手から逃れた。

「コマンドには従います。でも、できれば難しくない単語にしてもらえますか。俺、英語はわからないから」

生意気だと気を悪くされても、言っておかねばならなかった。コマンドは英語を使うのが普通だ。通常のセックスと違ってそうした制約が多いことが、ＤｏｍとＳｕｂの関係性においては本能を満たす一助になるのだそうだ。だが羨は中学以降、まともに学校に通えたためしがなく、英語は苦手だった。出された指示がわからずにいたら、怒鳴られたことがあった。

ライハーンも、優しくしてやったのに従えないのかと、あとから怒るかもしれない——と思ったのだが、彼は目を見ひらくと、今度はせつなげな表情になった。

「まったく、きみはどんなプレイをしてきたんだ？　いくら仕事だからって、相手に恵まれないにもほどがある。——いいかい、羨」

髪を梳《す》くように撫でて、ライハーンは言い含めるように言葉を区切った。

「ＤｏｍとＳｕｂには相性がある。Ｄｏｍは本能的にＳｕｂに惹かれるが、それは相性とはまた別だ。手に入れたい、慈《いつく》しんでみたいと思っても、相手がいやがることもある。だから暴走しないように、契約やセーフワードが存在する。そうした制約を設けた上でなお、Ｓｕｂが受け入れてくれるなら、一定以上互いに好感を持つ部分がある、ということだ」

「でも、それって普通に出会った者同士のことでしょう。俺は仕事だし」

「仕事でも、だよ。きちんと好意があって、この相手となら飢えを満たせると感じるなら、たとえまったく知らない言語でコマンドを出されたとしても、意図は汲《く》み取ることができる。相性のあうＤｏｍとＳｕｂのあいだには一種のテレパシーのような、共鳴作用が働くからだ。相手の感情や求めるものが言われなくてもわかるし、自分の受け取った快感だけでなく、相手の覚える快感も、自分のことのように感じられるんだ」

「——」

「だからもしコマンドが理解できないなら、それはプレイすべきじゃない相手だ、ということだよ」

だって、と喉まで声が出かかった。

仕方ないじゃないか。仕事だし、羨はただのバイトで、拒否権なんかない。

（――実際は、無理すぎて毎回逃げたけど……）

それでも努力はしたのだ。我慢してでも続けようとして、でもだめで、嘔吐《おうと》するくらいつらかった。

「そんな顔をしなくても、今日は簡単なコマンドしか使わないよ」

優しく頰を撫でられて、羨は俯いた。「そんな顔」がどんな表情でも、見せていいものでないのはわかっていた。

続けてください、と再び促そうとしたとき、ライハーンが肩を摑んだ。

「羨。ＬＯＯＫ」

びく、と全身が揺れた。考えるより先に顔が上がり、ライハーンの目を見る。視線があってから、「見ろ」と命じられたのだとわかって、ぼっ、と腹が熱くなった。

ライハーンが口の両端を上げ、ひげを震わせた。

「ほら、できた。いい子だ」

「……、ぁ、」

低い声で褒められ、視線を逸らせないまま、浅く喘《あえ》ぐ。

（なんだよ、これ……）

こんな感覚は初めてだ。理解するより早くコマンドに従って、身体が熱くなるなんて。

ライハーンは摑んでいた肩を離し、羨のTシャツに手をかけた。

「腕を上げてくれるかな。……ありがとう。こんなふうに、コマンド以外はわかりやすいように日本語で伝えるよ。そのほうが、きみも要求に応じられたかどうか、はっきり感じられるだろう？」

服を抜き取られ、ジーンズのボタンを外される。仰向けに、と言われて、羨の身体は溶けるように横たわった。痩せたせいでゆるくなったジーンズを、続けて下着を脱がされて、最後に靴下も取ってしまうと、ライハーンはベッドを下りた。

戸惑って目で追えば、「私も脱ぐよ」と微笑みが返ってくる。仕立てのよさそうなシャツのボタンを外す仕草に、心臓の奥にいたたまれないような蠢《うごめ》きを感じて、羨は視線を逸らしかけた。

「LOOK、羨」

まるで見ていたみたいにコマンドを出され、視線が再びライハーンに吸い寄せられる。あらわになった肉体に、今度ははっきりと疼《うず》きが生じた。

「……っ」

金色のたてがみに縁取られた、美しいライオンの頭部。筋肉の陰影のついた胸から腰にかけての、逞しいライン。ベルトを外しボトムスが脱ぎ落とされれば、腰や太腿も無駄なく引き締まっていて、舌のつけ根が痛んだ。Ｄｏｍは嫌いなはずなのに、唾液が湧くほど欲情してしまい、悔しいのに視線を逸らすことができない。ライハーンは悠々と下着も脱ぎ、半ば勃《た》ち上がった雄のかたちに、身体が軋むような感覚がした。

　――胸が、熱い。

「どきどきしてくれているね、羨」

　全裸になったライハーンはそっと羨を押し倒した。いい子だ、と低い声が囁いてくる。

「ちゃんと見ていられて偉いぞ。ずいぶん恥ずかしがり屋のようだが、最初のキスのあいだは、そのまま、目を開けていて」

　たてがみが触れるほど至近距離で見つめながら囁かれると、頭がぼうっとした。彼の声を聞いていると、どうしてか警戒心が薄れてしまう。半ば無意識のうちに小さく頷《うなず》くと、ライハーンはごくかるく唇をあわせたあとで、しっかりと吸いついてきた。

「……っ、ん、……っ」

　彼の目はまっすぐに羨を見つめていて、たまらなく羞恥を感じる。だがまぶたを下ろすことはできず、必死に見つめ返した。ライハーンは窺《うかが》うように舌で唇を割り、ざらついたそれが口の中に入ってきた。

「……っ！」

舌と舌が触れあった瞬間、甘い痺れが駆け抜ける。同時にライハーンの紅い目の中に光がまたたくのが見えて、彼もまたキスで感じたのだ、とわかった。

「ん、……………っ、……ッ」

羨は今まで感じたことのない、深い喜びと目眩とに呑み込まれた。身体がしなり、ひくひくと腰を振りながら達してしまう。ライハーンの腰に先端を擦りつけて精液を出しきると、芯を抜かれたようにぐったりと力が抜けた。

(な……に、今、の)

熱くて、気持ちよくて——認めたくないけれど、たまらなく嬉しい。

「気持ちがいいだろう、羨。私もきみと見つめあいながらキスすると、とても満たされたよ。お互い感じる快感が、こうやって作用しあうんだ」

頭を撫でて、ライハーンが微笑みかけた。やんわりと腰を押しつけられると、昂った彼の雄と、そこだけまだ力の残った羨の性器が触れあった。

「つぁ、……ふ、……っ」

「二度も射精したのに、もう硬くなっているな。後ろも触ってみようか」

「ん、……っ、く、」

後ろの孔を犯されるのは痛いから苦手だ。反射的に身体が強張ったが、ライハーンの右手が尻を摑むと、ずるりと太腿がひらいた。

「少し怯えた顔をしているね」

ライハーンもどこかが痛んだように、眉間に皺《しわ》を寄せた。

「痛くされた経験でもあるのかな。今まではあまりプレイが好きではなかったみたいだ。触れていやだったら、ちゃんと教えてくれ」

唇を啄《ついば》み、ライハーンはもう一度「LOOK」とコマンドを出す。

「きみが我慢しすぎたらわかるように、しっかり私を見ていなさい」

きっぱりと命じる声なのに、ライハーンの低い声は穏やかに響いた。羨が頷くのを待って、棚からチューブを取って見せてくれる。

「これを使うよ。無香料で刺激もないはずだが、苦手じゃない？」

「……平気、です」

こんなことまで律儀に確認するのが、ライハーンにとっては当たり前なのだろうか。濡らされた指が尻の割れ目をたどり、窄《すぼ》まりへと触れてくるのもずいぶん丁寧で、羨はくすぐったさに喉を反らせた。

触られている襞《ひだ》もむずむずするけれど、身体の内側、真ん中あたりも落ち着かない。その感覚が慣れなくて、だが逃げたくはなかった。むしろ——。

（もっと……）

もっと強くしてくれてもいいのに、と考えた直後、ぬぷりと指が沈んだ。粘膜に硬いライハーンの指を感じ、反射的に締めつける。ぼっと燃えるように孔がかゆくなり、短く息が漏れた。

「吸いつき方が上手だ。もう怖くはないね？」

「……ぅ、……んっ」

取り縋う余裕もなく頷いて、たまらずに尻を浮かせる。かゆくてもどかしい。ライハーンが羨の上に覆いかぶさって顔を見つめたままだから、わずかしか腰が動かないのがかえってつらかった。どうしよう、と頭の片隅で思う。

(やばい……これ、きもち、いい)

尻の孔なんて感じるはずがないと信じていたのに、浅く入れられただけでじんじんするのだ。

「気持ちよくなってもらえて嬉しいよ、羨」

ライハーンはじっくりと羨の反応を確かめ、それから少しずつ指を進めてきた。侵食される感覚にため息がこぼれ、思わず目を閉じてしまう。途端、コマンドが発せられた。

「ＬＯＯＫ」

「あ……、ぁ、」

潤んでしまった目をどうにか開け、羨は喘いだ。紅い目はひたりと羨を見据えたままで、見られている、と思うとひどく恥ずかしい。

みっともないところを、全部見られている。

「……つぁ、……っ」

指が動いた。粘膜をこすって、揉んで、中をぐずぐずにしていく。唇の端から唾液が溢《あふ》れ、ライハーンが長い舌を伸ばして舐め取った。

「いい子だ、羨。お尻もどんどんゆるんできたよ。ジェルを足して指を増やして、ピストンするから、気持ちよかったら喘いでごらん」

「そ……んな、……っふ、……ん、く」

ずるりと指が抜ける。すぐに宣言どおり、揃《そろ》えた指が戻ってきたかと思うと、強めに根元まで打ち込まれて、羨は踵《かかと》を浮かせて仰《の》け反《ぞ》った。

「……っ、は、……ぁっ、……あ、……っ」

聞いたことのない声が喉を通って溢れていく。いい子だ、とまた褒めてくれるライハーンの声が遠く聞こえた。

「私の指が気に入ってもらえて嬉しいよ」

「ん……っ、は、……ッぁ、……っは、」

ぬちゅぬちゅとジェルが音をたてていて、耳まで蕩けそうだった。異物感はあるのに痛くない。気持ちいい。かき混ぜられて、股間全体がびっしょり濡れたかのように感じられた。

(だめ……おかしく、なる……っ、これ、だめっ)

気持ちよすぎるのが恐ろしくて、なのにその恐怖すら、ライハーンと見つめあっていると、熱に変わって快感を昂らせていく。ライハーンの目は羨の反応を観察するように冷静だが、同時にちかちかと光がまたたいて、彼も興奮しているのだとよくわかった。

どろりとなにかが腹から溢れそうになり、羨は咄嗟にこらえた。

「……っ、く、……ん、んっ」

「羨、我慢はしないで。達っていいんだ」

「……っ、で、も」

自分はすでに二回達したのに、ライハーンはまだなのだ。それに、今達したら、二度と戻れない気がした。

この快楽を覚えたら、昨日までのようには生きていけない。

小さくかぶりを振った羨に、ライハーンが促した。

「達ってごらん。上手に達けたら、次は私のものをきみの中に入れる。もっと気持ちよくしてあげるから、私の目を見て、射精するんだ」

「……っ」

「LOOK、羨」

できない、という思いと、抗《あらが》えない喜びが交差した。

紅い目を見つめる。直後には窄まりの中の指が曲がり、くりくりと粘膜を揉み込まれ、頭の芯が強く痺れた。

「――ッ、は、ぁっ、……ぁ、ああっ」

性器が違う生き物のようにびくつく。腹の内側から直接性器の中を触られているみたいで、ひらいてしまった鈴口がひりひりした。射精感を意識する間もなく弾ける感覚が貫き、羨は腰を反らせて吐き出した。

「ぁ……っ、……は、……っ」

「三度目でもたくさん出たね。きみは素直でとても可愛らしいな」

ライハーンは満足そうに、羨の鼻と唇とに口づけた。指を抜くと身体を起こし、力の入らない羨の太腿を持ち上げて押しひらく。

「羨の孔は少し前よりだから、正常位で抱くのに向いているね。顔を見ながら愛しあえるから、私の好きな体位だ」

ひくつく孔を晒《さら》させ、そこに視線をそそぎながら、ライハーンは嬉しそうだった。

「しっかり感じてくれているし……きみと私は、ずいぶん相性がよさそうだ」

彼の言うとおりかもしれない。最後まで犯されたのは最初の一度きりだけれど、仕事でプレイしようと努力した相手も含めて九回、一度だって快感や喜びを感じたことはなかった。

だが、ライハーンに性器を突きつけられて感じるのは、安堵に似た幸福感だった。

（……どうして……俺、なんで嬉しいとか思ってんの……）

湧き上がってくる感情に戸惑って、けれどそれも、ライハーンに撫でられると霧散《むさん》していく。

「苦しいかもしれないが、目は開けておいて。ＬＯＯＫ——いいね？」

先端で窄まりの襞を潰し広げ、ライハーンが同じコマンドを繰り返す。頷くかわりにじっと見上げると、彼の目はやわらかく細まった。

視線を絡ませたまま、羨はみっちりと塞ぐように入ってくる肉杭を受け入れた。限界まで広げられた縁がぴりぴりする。裂けてしまいそうだったが、圧をかけてさらに挿入されると、内襞いっぱいに感じる硬さと重たさに、どっと腹の奥が崩れたように思えた。

「指を入れていたときよりもスムーズだ。太いの、つらくない？」

「な……っ、い、……けど、っん、ぁっ」

「けど？」

「……っ、お、おも、た、……っぁ、……あ、あっ」

ずぷ、とさらに入り込まれ、焼けたように受け入れた場所全体が熱くなる。大きい、と羨は呆然とした。見た目も相当立派だったけれど、身体の中で感じるライハーンの分身は、圧倒的な存在感だった。

「重いと感じるなら、すぐに気持ちよくなる。もう少し奥まで頑張れるか？」

「わ、かんな……っあッ、あ、あッ」

返事を待たずに穿《うが》たれて、きんと耳鳴りがした。跳ね上がったつま先が丸まって、甘くだるい痺れに身体が痙攣《けいれん》する。

「ああ、中だけでも達けるのか。ここまでひくひくさせて――可愛いな」

最後は独り言のように呟いて、ライハーンは羨の下腹を撫でた。

「こんなにすぐ腹で達ってもらえると、私も幸せだよ。ゆっくり動くから、好きなだけ達きなさい」

「……っも、い、…け、な……っ」

「達けるよ。さあ、いい子だからこっちを見て。LOOK」

猫か小さな子供にでも言うように、ライハーンの声はやわらかい。にもかかわらず支配力が強く、操られるようにまばたいて見つめ直すと、なにもかもが溶けてしまう気がした。

「とろとろになったな。動くよ？」

「……ふ、……っぁ、……ん、……っ、ぁ、」

ずず、と引いた雄が時間をかけて奥へと押し込まれ、胃のあたりまで疼いた。苦しくなる一歩手前の圧倒的な質量が、引いてはゆるく突くのを繰り返すと、ぐらりと意識が傾いた。

「……っ、…………ッ！」

「ほら、達けた」

ひく、びくん、と不規則にうねる羨の身体を、ライハーンは味わうように撫でた。肌がじんと痺れてまた達したような感覚に陥り、羨はただ喘いだ。

「ん、…ぁ、……っ、は……っ」

「胸もじっくりいじってやりたいが、今日の羨では耐えられそうにないね。こんなに感じやすいのでは、飢えているあいだはつらかっただろう」

「は……っ、ふ、……ぁ、……っん、……ぁ、あっ」

「怖くても、不慣れでもこんなに頑張ってくれるのに、今まで相手に恵まれなかっただなんて――私のほうが悲しくなるよ」

「ぁ……っ、ん、く、……っあ、ぁ、んっ」

「今日はいっぱい満たされなさい」

「っ、ぁ……、んぅ、……っは、……んッ」

優しく話しかけられながら、こすられ、圧迫され、揺すり上げられる。達した直後なのにすぐにぞくぞくした予兆が訪れ、羨は震えながら達った。ライハーンは満足そうに目を細める。

「もうほとんど出ないな。疲れてきただろうから、私も終わりにしよう」

大きな手が伸びて羨の頬を包み、指先が耳の裏を撫でた。

「中に出すよ。もう少し、コマンドに従っていられる？」

羨は焦点のあわない目をまばたいた。ライオンの雄々しい顔が、うっとりしたようにこちらを見下ろしている。深く雄を受け入れた下半身はいつのまにか感覚が失せ、ただライハーンの硬い熱だけがあった。獣の口が動いて、優しい声を紡ぐ。

「見つめてくれてありがとう。きみはとてもいい子だよ、羨」

労《ねぎら》う褒め言葉が耳から脳まで染み渡る。蕩けきった意識が喜びに震えて、羨はゆっくりとまばたきした。

今までは、Ｄｏｍに褒められるなんて屈辱でしかないと思っていた。上手に隷属《れいぞく》できたことを「いい子だ」と言われても嬉しくない。だがライハーンは、「ありがとう」と言ってくれた。

感謝されたのが、嬉しい。

ライハーンはそっとキスしてくる。ひらいた口の中に舌が入り込み、くちゅくちゅと掻《か》き回されて気が遠くなったけれど、かろうじて目は閉じなかった。紅く輝く目を、コマンドがなくても見ていたかった。

「羨」

ひそやかに名前を呼んで、ライハーンが腰を掴んでくる。さっきよりも大胆に、力強く抜き差しされると、ぱあっと熱と幸福感が飛び散った。

「あ……っ、ふ、ぁっ、…っぁ、……あ、……あッ」

「気持ちいいね、羨」

ずくずくと羨を突き崩し、ライハーンが囁いた。浅く乱れた息遣いも嬉しくて、きゅんきゅんと腹と胸が疼く。甘酸っぱいその感覚に抗わずのぼりつめ、羨はきつく背をしならせた。

「——ぁ、……っ、あ、……ッ！」

心地よい酩酊《めいてい》をともなう、深い絶頂。目はあけているはずなのに視界が暗くなり、見てなきゃいけないのに、と意識の片隅で思う。だが、ライハーンは咎《とが》めなかった。かわりに数度行き

来して、強く腰を押しつけてくる。

数秒後、腹の中でひりつく感覚が広がって、羨はほっとした。中出しされたのだ。終わった安堵と幾度も達した疲労とで、さらに視界が暗くなる。起きなきゃ、と考えられたのも一瞬で、羨は眠りへと引き込まれていった。


名前を呼ばれた気がしてはっと目を開け、羨は混乱した。見覚えのない部屋で、羨の肩に手をかけているのは見たことのない男だった。優美さをそなえた端正な顔立ち。鼻筋はすっきりと通り、額も頬のラインも、眉のかたちも整っている。瞳は紅く、濃い金髪はゆるやかに波うっており、やわらかそうな唇には笑みが浮かんでいる。肌は白いが、欧米系の人種とは違った雰囲気だった。

「おはよう、羨。起きられるかい？」

「——起きられます、けど」

戸惑って身体を起こし、見回せば、ライハーンに運び込まれたあの部屋だった。そうだ仕事で来たんだった、と思い出したが、目の前にいるのはジョシュとは違う人間だ。年は彼と同じくらいか、やや年上だろうか。大人の落ち着きがあるものの、肌も声も若々しい。

誰だろう、と用心深く見返すと、彼はおかしそうに瞳を細めた。

「驚いた？　おれだよ、羨。ライハーンだ」

「……ライハーン？」

彼はライオンの頭のはずだ。目の前の男には耳もない。だが、瞳の紅い色は似ているし、耳の裏を指先でくすぐる仕草には覚えがあった。

「Domだからね。満たされると獣形から解放されて、人間の姿になるんだ。見たことはない？」

「――聞いたことはあるけど……嘘だと思ってた」

DomはSubとプレイして心から満足すると、獣の特徴が消えると言われている。だが、羨は見たことがない。満足されなかったことは承知だが、それでも「満たされれば完全な人間になれる」だなんて、都市伝説の類《たぐい》だと思っていた。

「じゃあこれで、嘘じゃないことがわかったね」

くすくす笑いながら話す声も、ライハーンのものだ。身体を見下ろすと見慣れない、大きなTシャツとスウェットパンツを身につけていて、羨は余計に混乱した。

「あの、俺……寝ちゃった、んですか？」

「ああ、ぐっすりだったよ。ずいぶん体調が悪そうだったから仕方ない。身体を拭いても着替えさせても起きないから、少し心配したけどね」

ライハーンだという男は丁寧に髪を撫でてくる。

「どこも痛くはない？」

「……だ、いじょうぶ、です」

さあっとうなじが熱くなった。この男が、昨日羨を「支配」した。

意識すると受け入れた尻の中には異物感が残っていて、抱かれたのだという実感が湧いてくる。セックスした。Ｄｏｍと契約をして――コマンドを出されて、ぐずぐずにされて。

（……あんなに、いやだったのに）

羨は掛け布団を握りしめた。プレイの最中、どんな感覚を味わったかはちゃんと覚えている。Ｄｏｍは嫌いだから、体調のために寝るのでも、決して流されないと信じていたのに、あんな喜びまで覚えてしまうなんて、自分自身に裏切られたような気分だった。

これじゃまるで、本当に羨がＤｏｍなしには生きていけないみたいだ。

（――そんなはずない。俺はひとりでいいんだ。昨日のは、ただの仕事）

きっと、たまたま、身体がちょっと暴走しただけ。残っている感覚を消し去ってしまいたくて、きつく目を閉じると、ライハーンが穏やかに促してきた。

「立ってごらん」

羨は黙ってベッドから下りた。ふらつかないかと心配だったが、腹に力を入れて立てば、異物感は無視していられる程度だった。

「歩くのはつらくなさそう？　痛むようならおれに摑まって」

「一人で歩けます」

腰を抱き寄せられそうになって拒み、羨は再度ライハーンを見上げた。

「……本当に、同じ人ですか？　昨日は自分のこと『私』って言ってたでしょう」

疑《うたぐ》り深い羨の眼差しにも、ライハーンはほがらかに笑った。

「日本語では礼儀正しさが必要だろう？　公の場や親しくない相手には『私』を使うことにしているが、親しい相手なら『おれ』と言ったほうがしっくりくるんだ」

楽しげに言い、ライハーンは羨の背中に手を添えた。

「ジョシュが朝食を用意してくれている。食べられそう？」

「――ありがとうございます」

極力そっけなく、羨は礼を言った。どんなに親しげに振る舞われても、馴れ馴れしくする気はなかった。

ライハーンは先に立って部屋を出、羨は彼のあとについて階段を下りた。わふっ、と昨日の犬が尻尾を振って迎えてくれ、ライハーンが頭を撫でてやる。

「梅丸、ごはんはもう終わったのかい？」

はっはっ、と舌を出した笑顔で犬が答え、ライハーンに寄り添う。洋犬と和犬のミックスらしき茶色い大型犬は、落ち着いて見ればなかなか可愛らしかったが、羨は顔をそむけて目をあわせないようにした。犬をかまうのは仕事に含まれていない。

ダイニングキッチンに入ると、こぢんまりしたテーブルに、スーパーで買ったような弁当が三つ置いてあり、ジョシュがたどたどしい手つきでインスタントコーヒーを入れていた。

「おはようございますライハーン様。それと、羨さんも」

「……おはようございます」

「焼き肉弁当と唐揚げ弁当、それにハンバーグ弁当を買ってきましたので、お好きなのをどうぞ」

朝食にしてはヘビーなメニューだが、見るとくるるる、と腹が鳴って、羨は赤くなった。一番小さい唐揚げ弁当を選んで椅子に座ると、ジョシュがコーヒーのカップを置きながら、羨とライハーンとを見比べた。

「羨さんも体調がよくなったのならなによりです。昨日よりずいぶん顔色がいいですもんね。食欲があるのは健康な証拠です。ライハーン様も満足できたみたいですし、お二人、よっぽど相性がいいんですねえ」

「……っ」

「僕、ライハーン様の顔を見たのなんて久しぶりすぎて、一瞬誰だかわかりませんでしたもん」

悪意のある口調ではなかったが、全身がかあっと熱くなった。羨がどんな「仕事」をするためにここにいるのか、ジョシュに知られているのは当然なのだが、だからといって、抱かれたことを露骨に指摘されるのはどうしても慣れない。まして、ＤｏｍとＳｕｂだから、と言外に匂わせられるのはいやだ。

「おれも空腹だよ。ジョシュは焼き肉とハンバーグ、どっちがいい？」

強張ってしまった羨に気づいたのかどうか、ライハーンは当然のように隣に座った。ハンバーグにします、とジョシュが言うと、焼き肉弁当を手元に引き寄せ、羨の顔を覗き込んでくる。

「その弁当は少ない。足りなかったらわけてあげるから、遠慮しないで言って」

「――大丈夫です」

「コーヒーはブラックで平気？　ミルクも買ってあるよ」

「そのままで飲めます」

頰にかかった髪を優しく払われ、羨は椅子ごと離れた。弁当の蓋を開け、それより、と声を改める。

「昨日はなにもできなくてすみませんでした。依頼された仕事の内容は荷物の片付けとありましたが、具体的になにをすればいいか、教えてもらえますか」

自分からは歩み寄るまい、と心に誓う。視線をライハーンともジョシュともあわせないまま言い終えると、ライハーンが手にしていたカップを置いた。

「昨日もちゃんと仕事をしてもらったんだから、謝ることはないよ、羨」

「──」

「家の片付けは急がない。おれも一昨日ここに到着したばかりなんだ。ジョシュは先に来てくれたが、それだって四日前だ。まだほとんど手つかずで、正直どこから片付けようかと迷っているところだよ」

目を向けなくても、横からライハーンの視線が注がれているのを感じた。じっとこちらを見つめながら、彼は寂しげに言った。

「ここはおれの祖母の家なんだ」

後悔しているかのように聞こえて、見まい、と思っていたのについ振り返る。ライハーンは静かに微笑んだ。

「察しがつくと思うが、亡くなった。病にかかっていたのを誰にも知らせずにいて、最後は病院で息を引き取ったそうだ。火葬や納骨も生前手配してあって、おれが知ったのはすべてすんだあとだった。遺言書があると弁護士が連絡をくれて、それで初めて和香《わか》さん──祖母は和香というんだが、彼女が亡くなったことを知ったんだ。できれば生きている彼女にもう一度会いたかったけれど、せめて遺言だけはきちんと果たしたくて、日本に来た。和香さんは、彼女の遺《のこ》したものをおれが片付けるようにと書いていたんだ」

「しかもただ片付けるんじゃだめなんですよね」

ジョシュがハンバーグを頬張りながら器用に肩を竦《すく》めた。

「和香さんの形見として、どれかひとつだけ、ライハーン様自身が選んで持っているように、残りは処分するようにっていう遺言なんです。どう考えたって時間がかかりますから、苦労してライハーン様のスケジュールを調整したんですよ」

「きみは休暇がほしいって言ってただろう、ジョシュ。のんびりしてくれればいい」

「草むしりと食料の買い出しと、あれこれ手配するのとで、今のところはのんびりしてませんけどね。昨日だって急に頼みごとしてきたじゃないですか」

「悪かった。でも、頼りにしてるんだ」

「僕が自分で希望したからこっちに来たのは後悔してませんけどね。スーパーとか交通機関とか、慣れないものばかりで戸惑います」

遠慮なく言いながらもジョシュは弁当を食べ続け、付け合わせのサラダパスタを持ち上げてため息をついた。

「食事は別途派遣サービスを頼んだほうがよさそうですね。ここ、食事のデリバリーの範囲外なんですよ。ショッピングモールで弁当が買えるのはありがたいですけど、毎日同じようなものばかりじゃ栄養も偏《かたよ》っちゃいます」

「あの、だったら」

切り出してしまってから、やめておいたほうがいいだろうか、と逡巡《しゅんじゅん》したが、ライハーンとジョシュに視線を向けられて、羨は膝の上で拳《こぶし》を握った。

「料理は俺がやってもいいです。簡単なものでよければ作れます」

祖母と暮らしていたとき、なんとか彼女の助けになりたくて、家事は一通り覚えた。アイカトータルライフサービスに雇われたあとも、せめて家事代行の面では客に満足してもらおうと、自分なりに勉強もしたのだ。食事を作るには資格が必要なので、会社として羨ができる家事代行に調理は含まれていないが、Ｓｕｂとしてプレイだけ申し込まれたときでも、「なにか作りましょうか」と言うと機嫌をよくするＤｏｍもいて、料理したことがあった。

ぱあっと二人が顔を輝かせた。

「本当か、羨。そうしてくれると助かる。もちろん、追加の料金は支払うよ」

「料金はいりません。そのかわり」

なるべく彼らの顔を見ないよう、テーブルの端を睨んで羨は言った。

「夜の——プレイの仕事は、少なくしてくれませんか」

「なるほど、交換条件か」

楽しげにライハーンが笑い声をたてた。

「おれはかまわないよ。食事を作ってくれなくてもプレイを無理強いする気はないけれど、作ってもらえたらとても嬉しい。料金に反映できないなら、チップを弾もう。……ん？　日本にはチップはないんだったか？」

「ありませんよ、ライハーン様」

訂正したジョシュも、「お願いします」と羨に向かって手をあわせた。

「夜のことはライハーン様と羨さんで決めてもらうしかないですけど、食事を作ってもらえると本当に助かります。日本にいるあいだCEOが体調を崩した、なんてことになったら、僕の責任ですから」

「CEO?」

羨には聞き慣れない単語だった。

「日本語に直すと、最高経営責任者だね。おれはアメリカで会社を経営しているんだよ」

「……社長ってこと?」

「そう考えてもらってかまわない」

たしかに、と羨はライハーンの手元を眺めた。弁当を食べる仕草もなんとなく上品だ。やり手の社長というよりは貴族っぽいが、会社を経営していると聞いても違和感がなかった。要するに金持ちなのだろう。いかにもDomらしく。

「羨さんはご存じありませんか? Eヴィクトリアという、クリーンエネルギーを扱う企業です。アメリカのほかにイタリア、ドイツ、韓国、アスティーラに会社があるんですよ」

ジョシュがタブレットを操作して、企業のサイトらしきものを見せてくれる。そこには窓際にたたずむ、スーツ姿でライオン頭のライハーンの写真が掲載されていた。

「ライハーン様は三十歳にして、Eヴィクトリアを束ねる若きCEOなんです。Eヴィクトリ

ア の金獅子CEOと呼ばれていて、世界中に知られています」

誇らしげにジョシュは言って、それからふと思い出したようにライハーンに目を向けた。

「そういえば、昨日の電話はアメリカからだったでしょう？　聞きそびれてましたけど、なにかあったんですか？　ライハーン様がグレアを出しちゃうなんてよっぽどですよね」

「仕事は問題ないよ。ただ、自宅でトラブルがあっただけだ」

ライハーンはあまり言いたくなさそうで、具体的なことは口にしない。だが、ジョシュはいたずらっ子のようににいっと笑った。

「わかりました。あのエドメってSubが押しかけたんでしょう。あいつ、もう二回もライハーン様の不在中に家に入ろうとしましたからねえ。ライハーン様がSubにもてまくりなのは昔からですけど、エドメは相当ご執心だ。あんなにしつこいと、家柄目当てか財産目当てな気がしますね。もっと厳しく言ったらいいのに」

「もう関係は持てないと、はっきり伝えているよ」

ライハーンはため息をついた。

「羨の前だ。余計な話はしないでくれないか」

羨は居心地の悪い思いで唐揚げをつついた。腹は減っているのだが、なんだかあまり食べすすめられない。残すわけにはいかないと口に詰め込むと、ジョシュが「おやぁ」とわざとらしく目を見ひらいた。

「羨さんに過去の相手のことは聞かれたくないんですか？　さすが、人間の顔に戻っちゃう相手なだけありますね」

「質問されれば答えるさ。だが、羨が聞いて喜ぶ話でもない。――羨、気にしないでくれるかな。ジョシュは昔から、おれをいじめるのが好きなやつなんだ」

「失礼ですね、たった一人の幼馴染みに向かって」

ジョシュは心外そうにもしゃもしゃ頭を振った。

「僕はただ、はっきりさせておいたほうがいいと思うんですよ。羨さんともトラブルにならないとも限らないでしょう？　ライハーン様は新しいＳｕｂと出会うとすぐ舞い上がっちゃいますからね。挙句に毎回傷つくのはライハーン様のほうだから、ご兄弟だってみなさん心配して、いちいち僕に連絡を寄越すんですもん。だから悪役になってでも、釘《くぎ》をさす役割を果たしてるんです」

相変わらずのんびりした口調だが、ジョシュが羨に向けた視線は冷静できっぱりしていた。

「僕としても、できれば羨さんには、長続きするパートナーであってほしいですけどね。なにしろ耳もない完全な人間の顔に戻れるなんて、これまで一回しかなかったことです。ライハーン様の身分を知って金を無心したりしないでくれると嬉しいです」

「そ――んな、ことは、しません」

屈辱感でいっぱいになって、羨はジョシュを睨み返した。

「さっきだって、料理は追加料金なしでいいって言ったじゃないですか。たかる気があるならとっくにそう言ってる」

「かわりにプレイは減らせって交渉しましたけどね。仕事のことはむしろ金額を提示していただいたほうが信頼できます。今はセックスしたがらないふりをしておいて、ライハーン様の気をひく作戦かもしれないですし」

「ジョシュ、そのへんにしておけ」

ライハーンがたしなめた。

「雇い主はおれであってきみじゃない。Ｄｏｍとして、彼と関係を持つのもおれだよ」

「わかってます。でも、僕のおかげで少し冷静になれたでしょ」

ジョシュは悪びれた様子もなく、食べ終えた弁当に蓋をした。羨は急いで残りをかきこみ、容器を摑んで立ち上がった。流しにそれを突っ込み、俯いてライハーンの後ろを通り過ぎる。

「俺、庭の掃除をやります」

きっと、ジョシュもＳｕｂは嫌いなのだ。たいていのニュートラル――ＳＢＴを持たない人間がそうであるように。

嫌われるのには慣れている、と内心で言い聞かせ、そのままダイニングキッチンを出ようとしたが、思い直して足をとめた。背中は向けたまま、声を押し出す。

「Ｓｕｂだからって、全員が淫らじゃないし、全員がＤｏｍに頼りっきりなわけでもないです。

少なくとも俺はひとりで生きていける。この仕事をしてるのだって、自分で生きていくためだ。——Ｄｏｍなんか、大嫌いだ」

言い捨てて廊下を急ぎ、玄関でスニーカーを履こうとしていると、ライハーンが追いかけてきた。羨、と呼ばれて「わかっています」と遮《さえぎ》る。

「大嫌いだとか言ってすみません。でも、仕事以上の金銭をねだるような真似はしません。二週間、クビにならなければそれだけでいいので」

本当は、あんなことを言うべきではなかった。でも、羨にだってプライドくらいある。誰にも蔑まれたくないと思う権利くらい、あるはずだ。

「違うよ、羨」

肩に手を置かれ、反射的に振り払おうとして、羨はライハーンの頭がライオンに戻っているのに気づいた。思わず動きをとめると、ライハーンはため息をつく。

「ジョシュが言ったことは謝るよ。彼はおれの幼馴染みで、唯一、子供のころから付き合いが続いている。おれがどんな立場になっても、態度を変えないでいてくれた友人なんだ。大切な男だが、おれの友達だと自負するあまりに、ときどき、ああいう言動を取ってしまう」

「——べつに、謝ってもらわなくていいです」

謝らなくていけないのは、雇い主に暴言を吐いた羨のほうだ。だが、ライハーンはたてがみを揺らして首を横に振った。

「謝らせてくれ。ジョシュの態度はおれの責任でもある。きみが侮辱されたと思って怒るのは当然だよ。おれたちは決して、Ｓｕｂが淫らだとか、自立できないと言いたいわけじゃないんだ。……もしかしたら、羨が仕事で会うようなＤｏｍは、そういう態度かもしれない。少し前までは、Ｄｏｍは支配と所有のボディタイプ、Ｓｕｂは服従と隷属のボディタイプだと考える人間も多かったからね」

申し訳なさそうに、ライハーンはひげをしおれさせていた。

「でも今はそれが間違っていると、みんな知っている。Ｄｏｍは庇護と充足希求のボディタイプ、Ｓｕｂは信頼と供与のボディタイプだ」

「……なにそれ。聞いたことない」

羨は顔をしかめた。不機嫌な表情を浮かべた顔を、ライハーンが包むように撫でてくる。

「日本ではまだあまり浸透していないかな。Ｓｕｂ差別をなくすべきだという運動が、近年世界中で盛り上がっていただろう？」

そういう主張があることは、羨も知ってはいた。ＤｏｍとＳｕｂは同性同士で関係が結ばれるため、以前は同性愛差別とあいまって、白い目で見られることが多かった。ＬＧＢＴＱへの認識が変化するにつれ、Ｄｏｍは一種の特権階級としてもてはやされるようになり、現在はＳｕｂの権利を保護しようという風潮になってきている。

だが現状、Ｓｕｂは生きていくのに不利であることに変わりはない。本心ではいまだに、Ｓ

ｕｂを「立派なＤｏｍを誘惑する悪い存在」だと考える人はたくさんいる。予備発情のせいで体調が不安定なため仕事先で敬遠されることも多く、だから湊のように学歴のないＳｕｂは、就職だって苦労するのだ。

「以前はよくわかっていなかった、ボディタイプという差異についての研究も進んできた。ボディタイプはダイナミクスという物質の種類と保有量によって決まり、ＤｏｍとＳｕｂはニュートラルとは異なる神経回路を持つことがわかっている。昨日説明したように、我々には一種の共鳴能力があるんだ。その能力が互いにどう作用するかという研究もなされていて、最近では、Ｄｏｍは守ったり慈しんだりしたい、相手を自分のもの——伴侶にしたい、という本能があり、その本能を向けられたＳｕｂのほうは、信頼を持って要求に応えようとする本能があるのだ、と言われているよ」

「それって、今までの認識と変わらないと思うけど。要は所有して支配したいやつと、所有されて支配されたいやつ、ってことだろ」

「たしかにプレイではコマンドを使って命令はするが、単純な支配や所有という関係ではない、ということだよ。ＤｏｍがＳｕｂに望むのは、信頼と愛情だ」

丁寧に教えてくれたのはありがたいが、だからなんだよ、と湊は思う。言葉を変えて飾っただけで、結局、Ｄｏｍは欲張りだ。

わずかに視線を落とすと、ライハーンは湊の頭を撫でた。

「とにかく、おれもジョシュも、きみを淫らだとか、だらしないと思っているわけじゃない。でも、これまで何回か、おれがSubとトラブルになったのは事実なんだ。特に直近の、さっき名前が出たエドメのことではジョシュにも迷惑をかけてしまった。昨日、DomはSubに本能的に惹かれてしまうが、相性があうかどうかは別だって説明したのは覚えている?」

「……覚えてる、けど」

「プレイしても、人間の顔に戻れたことは数えるほどしかない。ジョシュが言ったとおり、耳もない完全な人間の姿になったことは過去に一度だけだ。でも、一晩限りで関係をやめてしまうことは、おれはしない。互いに歩み寄って理解が深まれば、より愛しあえるかもしれないからね。いつも、今度こそは、と願ってきた。たった一人、すべてをかけて愛しあえる存在に出会いたいから」

羨は怒りが収まるかわり、冷めた気持ちになっていくのを自覚した。

ライハーンはDomなのだ。どうしようもなく、これ以上ないほどDomらしいDomだ。

「パーフェクト・ハーフ、あんたも信じてるんだ?」

完璧な半分、と呼ばれるその相手は、Domにとっては求めてやまない存在なのだという。

生涯パートナーでいつづけられるSubのことだ。世界のどこかに自分だけのパーフェクト・ハーフがいるはずだ、と信じるDomは、幾人ものSubと関係を持って、「たった一人」を探そうとする。

（いるわけないのに、馬鹿みたい）

ライハーンは人間の顔に戻れたから、ジョシュが言うとおり浮かれているのだろう。だが現実を見てほしい。一人のパートナーと生涯連れ添うDomはほとんどいないのだ。いるのはただ、幻を追いかけて相手をとっかえひっかえする、自分勝手なDomだけ。子供がほしいと異性のニュートラルと結婚するDomが多い時点で、「唯一の完璧な相手」がほしいなんてただの詭弁《きべん》だとわかる。

ロマンチストのふりができるのは、Domには肉体的な制約がないからだ。Subは予備発情になれば定期的にプレイをしなければ体調を崩すが、Domはなにもしなくても健康でいられる。生きていくために行為を必要とするSubには、「完璧」などというくだらない理想を追いかける余裕もない。

なんて不公平なんだろう、と思いながら、羨はライハーンの手を払いのけた。

「仕事ですから、要求されればプレイには応じます。ですが、プレイ以外でこんなふうに触ったりするのはやめてもらえますか」

「――わかったよ、羨」

ライハーンは寂しげな表情をしたが、おとなしく一歩後ろに引いた。

「プレイ以外では、許可なくきみには触れないと約束しよう。予定どおり、二週間ここで手伝ってもらえる？」

「……そういう契約ですから」

「助かるよ」

ほっとしたように笑みを浮かべ、彼は羨を手招きした。

「おいで。まずは家の中を見てほしい。なにをきみにやってもらうか、一緒に決めよう」

「そっちで決めてもらっていいです」

「決められそうにないから、きみに頼んでいるんだ。お願いできるかな」

辛抱強く促され、羨は履いた靴を脱いだ。ありがとう、とライハーンが笑う。

「来てくれたのがきみでよかった」

羨は俯いた。最低なＤｏｍでも、最初は感じがよかったりするものだ。二度と騙《だま》されないからな、と唇を噛み、蘇ってきそうな記憶を押し込めた。


開放的な雰囲気のある古い家は、想像よりはものが少なかった。わざわざ手伝いを頼むくらいだから、ゴミで埋め尽くされた部屋でもあるのかと思っていたが、一般的な家庭以上にものがあるわけではない。

「和香さんは晩年は入退院を繰り返していたそうなんだ。余命もわかっていたようで、自分でも片付けをしていた。着るものはほとんど残っていなかったし、冷蔵庫は空だった」

説明しながら、ライハーンは部屋を案内してくれた。

一階の中央に玄関があり、左手がダイニングキッチン。玄関の正面に階段があって、その奥がトイレと風呂、洗面所。家の右側は納戸のような小部屋と大きな本棚のある明るい洋室があり、ここはリビングとして使っていたようだった。二階は三部屋あって、ひとつは昨日羨が運び込まれたところ。ベッドとその脇にある小さな棚以外にはなにもない。残りの二部屋のうち、片方には小さめのベッドとテーブル、椅子があり、色とりどりのはぎれをつぎあわせた布製品で彩られていた。

「パッチワークは和香さんが作ったものみたいだ」

羨の視線を追って、ライハーンがベッドカバーを撫でた。

「ここがプライベートルームだったんだろうな。一番多くものが残っている。この写真の左がおれの母で、右が和香さんだ。ずっと昔、二人が若いころのだね」

見せてくれた写真には、背が高く意志の強そうな女性の右側に、小柄でにこにこした女性が写っていた。想像よりもずっと可愛らしい雰囲気の人だった。

もうひと部屋は小さく、箪笥《たんす》や布や裁縫道具、大きな箱と絵画がいくつか置いてあった。ここも物置がわりの部屋だったようだ。ライハーンの説明を聞きながらひととおり見終わって、羨は天井から下がるランプシェードを見上げた。

「たしか、形見の品をひとつ選ばなきゃいけないんですよね」

「ああ」

「だったら、残っているものを種類別にわけて、ひととおり出して並べてみるのはどうですか。一目見てわかるようにすれば、選びやすいと思います」

片付けの基本は、同じ種類をまとめて整理することだ。服なら服で一気に片付けないと、必要なものまで捨ててしまったり、逆に必要ないのに捨てられなかったりする。

「なるほど。それがよさそうだね」

「――でもその前に、掃除しないと」

亡くなったライハーンの祖母が生前に片付けていたとしても、最後の入院をしてからは、長いこと自宅に帰れなかったのだろう。あるいは戻ってきても、家中を掃除する体力はなかったのかもしれない。使われていない部屋はうっすら埃《ほこり》をかぶり、ランプシェードや扉の上の部分、窓や床などが汚れていた。特に彼女のプライベートルームと物置部屋、一階の納戸は空気もかびくさい。

「一階にあった掃除用具、使っていいですか？」

「もちろん。頼むよ」

ライハーンは頷いた。

「おれはダイニングキッチンで一、二時間仕事をさせてもらうから、家にあるものは自由に使ってくれてかまわない。車で三十分のところにショッピングモールがあるとジョシュが言っていたから、足りないものがあれば彼と一緒に買い出しに行ってくれ。きみがここで生活するのに必要なものも、まとめて買ってきてほしい。ジョシュと出かけるのがいやなら、午後まで待ってくれれば、おれが運転していくよ」

「平気です、お気遣いなく」

やることが決まってしまえば気は楽だった。しかも一人で作業できるなら、これ以上ない環境だ。羨はさっそく掃除をはじめた。

その日は掃除と、リビングの荷物を広げるところまでで終了し、夕方、ジョシュとともにショッピングモールまで買い物に出た。モールというから大掛かりなものを想像していたのだが、大きめのスーパーとドラッグストア、安価な洋服のチェーン店、ホームセンターがまとめて建っているだけの簡素なもので、羨は少し懐かしい気持ちになった。祖母と暮らしていたときも、近くにこういう場所があった。

懐かしさと同時に祖母の顔が浮かび、頭を振って消し去る。思い出したくはない――けれど、祖母には一度会いにいきたかった。結局、彼女には詫《わ》びられていない。

元気にしているといいけど、と思いながら買い物をし、戻ってからはオムライスを作って、大げさに感謝され、それで二日目は終了だった。

風呂を使わせてもらい、昨日と同じ部屋でひとりベッドに入り、羨は暗い天井を見上げた。

なんとかやっていけそうだ。ジョシュもライハーンも好きにはなれないが、期間限定の仕事相手としては悪くない。毎晩プレイしなければならないのかと身構えていたが、食事作りを申し出たおかげか、今夜はいいと言われたのもよかった。なるべく少なくすませたい――と考えながら寝返りをうち、目を閉じる。

窓の外から、裏庭で鳴く虫の声が聞こえた。おばあちゃんの家みたい、とまた思い出し、唐突に後悔と寂しさと、激しい痛みが襲ってきた。

「……ッ」

慌てて手足を縮める。腹を守るように曲げた膝を抱え込んで思い出すまいと努めたが、冷たい絶望の感触が、荊《いばら》のように全身に絡みついた。

フラッシュバックだ。思い出したくない記憶が生々しく心身を支配する現象は、羨の場合、こんなふうに夜にやってくる。布団を蹴って喘ぎ、ふたたび丸まって耳をふさぐ。それでも、聞きたくない声が耳の底に響いた。

困ったねえ、と呟く、うろたえた祖母の声だ。

「困ったねえ……良和《よしかず》さんが持ってきてくださったお金、蘭子《らんこ》が怒って、返せって――今からこっちに来るんだって」

いいよ、返そうよ、と羨は答えた。俺バイト探してみるから、と祖母を励ましつつ、まだ十二歳でできる仕事なんてあるだろうかと暗い気持ちだったのを、よく覚えている。

その日は、羨が祖母の家に預けられて一週間、ボディタイプがＳｕｂだと判明して一か月と一週間が経った日だった。六月の、曇って蒸し暑い陰鬱《いんうつ》な日。

祖母は困ったねえ、と繰り返しながら、それでも金の入った封筒を引き出しから取り出した。母の再婚相手である良和が、生活費にしてくれと持ってきた金だった。母の目を盗んでわざわざ訪ねてきた彼は、「お義母《かあ》さんも羨も、なにも心配しなくていいから。迷惑をかけて申し訳ないね」と言ってくれ、祖母はずいぶん感謝していた。

羨も良和のことは好きだった。一年前に母と再婚し、父親になった彼は、弁護士で高収入なだけでなく、背が高く甘い顔立ちで、立派な狼の耳を持ったＤｏｍだったのだ。生まれて初めて出会った、ＳＢＴを持つ人間が彼だった。

「どうしてなのかねえ」

封筒を膝に載せ、ぺたんと座って、祖母は独り言のように言った。

「どうして羨がＳｕｂなんだろうねえ。蘭子もやっと再婚できて、幸せになれるはずだったのに」

祖母にはそんな気はなかったかもしれないが、不運を嘆く声は、羨を責めるように聞こえた。羨は壁際で立ち尽くし、俯いていた。

自分の身体が恥ずかしく、忌《い》まわしいもののようでつらかった。Ｓｕｂは子供心にもよくない存在なのだと思っていたからだ。Ｓｕｂが人間扱いされなかったのは遥か昔のことらしいが、近所の人も母親も、身近にいてほしくないもののように、Ｓｕｂを話題にするときは小声で、嫌悪の表情になるのをずっと見てきた。けれど、自分がそうなのだとは夢にも思わなかった。良和に出会ってＤｏｍはかっこいいと思い込んだあとも、ＳＢＴはないのが当たり前で、自分には関係ないことのように感じていた。

それが急にＳｕｂだと判定されて、心の整理がつかないまま、母にはなじられ、優しいと思っていた良和には困った顔をされた。祖母はただ戸惑ってばかりで、転校することになった学校では「生徒の性的興味を刺激することになるから、クラスではボディタイプを明かさないように」と言い含められた。そのひとつひとつに傷ついて、けれど羨はそれを、誰にも言うことができなかった。

唯一頼りにできそうなのは良和だった。金を届けに来たときも、「また様子を見にくるよ。いつでも相談して」と言ってくれた。結局金のことは母に知られてしまったから、来てくれるという約束も果たされないかもしれないが、それでも、嫌われていないというのは、当時の羨にとっては救いだった。

（――俺、馬鹿だった）

もう思い出したくないのに、記憶は否応なく羨を侵す。

やがてやってきた母の、ハンドバッグを握った両手は震えていた。玄関に仁王立ちになり、その手を突き出し「返して」と言う。

「良和さんのお金は妻である私のものよ。羨にかかる費用は最初に払ったじゃない。一年で百万、三年分で三百万。まさか足りないっていうんじゃないでしょうね」

祖母は茶封筒を握って、おろおろして娘を見上げた。

「でも……ほら、羨だって食べ盛りだし、趣味とか、部活とか、遊びにいくのにも必要だろうって良和さんが」

「うるさいわねっ！」

甲高くひび割れた怒声が、玄関いっぱいに響き渡った。祖母だけでなく、羨も竦み上がるほど怒りのこもった声だったが、より恐ろしいのは彼女の顔だった。歪み、口も目もつり上がった鬼のような形相《ぎょうそう》。

「そいつはＳｕｂなのよ！　部活だの遊ぶだの、させるわけにはいかないでしょ！　余計な金なんか使うだけ無駄なの！」

母は祖母の手から金の入った封筒をむしり取り、羨を睨みつけた。

「私からはこれ以上なにも奪わせないわよ。お金も、もちろん良和さんも。今度泥棒猫みたいな真似をしたら、絶対に許さない」

なにも奪ってなんかいない、とすがりたかった。そんなに嫌わないで、と頼みたくて、けれど口にすれば余計に彼女を怒らせるとわかったから、羨はただ謝った。

「ごめんなさい、母さん」

「あんたに！」

ぶわりと彼女の髪が膨れたように見えた。

「あんたに……っ、母さんなんて呼ばれたくないのよ！」

怒鳴りつけ、耐えかねたように母は玄関にあった傘を摑んだ。力を込めて投げつけられ、祖母が小さく悲鳴を上げた。傘は音をたてて羨の腹や胸に当たり、母は震えながら言い捨てた。

「あんたなんか産まなきゃよかった」

母が出ていき、気配がしなくなるまで、羨は動けなかった。どんなに羨が母を好きでも、従順に振る舞っても、もう二度と彼女が自分を愛してくれないのだと、悟るしかなかった。

祖母はうずくまって泣いていて、申し訳ないな、と麻痺した心の片隅で思う。羨を預かることは祖母の本意でなかったことは知っている。祖母が若いころまでは、Ｓｕｂは判明すると家族と縁を切って出ていくのが普通だったらしい。だからＳｕｂなんて育てられないと渋る彼女に、母が無理に押しつけたのだ。挙句、あんなに怒鳴り散らされて、怖い思いまでして。

皺の浮いた小さな手で顔を覆い、祖母はすすり泣きながら呟いた。

「困ったねえ。こんなことになるなんて……困ったねえ……」

自分は望まれない人間なのだ。そう実感しながら、羨は決意した。すぐには無理でも、いずれひとりで生きていけるようにならなければ。

そうして愚かにも、こう思った。

良和さんに連絡しよう。一人暮らししたい、お金は将来返すからと頼んで、助けてもらおう。味方は彼だけだと、信じきっていた。

朝食は考えた末に和食にして、鶏肉とじゃがいもとニンジンの煮物に、小松菜のおひたし、焼いた明太子《めんたいこ》、豆腐の味噌汁を用意した。費用が相手持ちだと、金額で食材が限定されないのがありがたい。苦手なものがあったら残していいと伝えたのだが、ライハーンもジョシュも嬉しそうに食べた。二人とも、多少ぎこちないが、箸の使い方も上手だ。どういう生い立ちの人たちなんだろう、と考えかけ、羨はすぐにやめた。自分には関係のないことだ。

俯いて黙々と自分の分を口に運ぶ羨をよそに、ジョシュは幸せそうなため息をついた。

「おじいちゃんの作ってくれた食事を思い出します。僕は国籍はアメリカですけど、祖父は日本人なんです」

ちなみに母方の祖母も日本人です、とジョシュは煮物を頬張る。

「おじいちゃん、アメリカの日本食レストランで働いてたんですよ。このお出汁《だし》の味と醤油《しょうゆ》と味噌があると、日本の料理って感じがしますよねえ」

「おれは和香さんと日本で暮らすまではほとんど食べたことがなかったんだが、やっぱり懐かしいね。味噌汁は栄養が身体に染み渡る気がする。……でも」

たてがみを揺らし、ライハーンは心配そうな目を向けた。

「煮物というのはたしか時間がかかるんだろう？　かなり早くに起きたみたいだが、朝からこんなに手間をかけてくれなくてもいいんだよ」

「――たまたま目が覚めて、気が向いたから作っただけです。これはそんなに時間がかからないやつだし」

本当は、昨晩ほとんど眠れなかった。フラッシュバックのせいだ。まどろんでは悪夢で目覚めてしまうのを繰り返して、明け方にはベッドを抜け出した。

嫌な記憶がまた脳裏に浮かびかけ、明太子ごとごはんを口に押し込んだ。咀嚼《そしゃく》して飲み込んで、努めて何気ない口振りを保つ。

「食事が終わったら、荷物を出して並べます。先に確認したいものはありますか」

「二階にあるパッチワークと布からお願いできるかな。和香さんが趣味にしていたんだと思うから、桃田《ももた》さんに聞いてみる」

「桃田さん？」

初めて聞く名前だ。ライハーンは壁を指差した。

「お隣に住んでいる人だよ。初日にジョシュが挨拶をしたら、和香さんとは親しくしていたと言っていたらしい。梅丸を預かってくれていたのも桃田さんだ」

名前を呼ばれた梅丸が、ライハーンの足元で顔を上げた。尻尾を振る犬を眺めて、それもそうか、と羨は納得した。入退院を繰り返していたなら、かわりに犬の面倒を見る人が必要だったはずだ。飼い犬を預けるくらいだから、隣人とはかなり親しかったのだろう。

「食事が終わったら一緒に行こう」

ライハーンにそう言われ、羨は梅丸から手元へと視線を戻した。

「俺が、ですか？」

「おれの見た目がこれだからね」

ライハーンが自分の顔を撫でてみせるのが、視界の隅に映る。

「ライオン頭だと、初対面の人はたいてい驚くし、怖がられることもある。羨が一緒なら、彼女も多少は安心すると思う。ジョシュには出かけてもらわないとならないから、頼むよ」

「僕の帰りは夜になります。八時までには戻るので、食事はここで食べます」

ごはんのおかわりを自分でよそいながら、ジョシュが口を挟んだ。彼は食べることが好きなようだ。釘をさす、と称して面と向かって失礼なことを言い放つのに、あれ以来わだかまりのあるようなそぶりを見せないジョシュのことが、羨はよくわからなかった。軽蔑しているSubが作っているものでも、おいしいと思えればいいのか——と皮肉っぽく思い、羨はそっけなく頷いた。

「仕事の一環ということなら、同行します」

ライハーンが一瞬、なにか言おうとしたのがわかった。だが結局、「頼むよ」とだけ言って、煮物の最後の一個を箸でつまむ。

「ありがとう、羨」

羨は返事をしなかった。

昨日のフラッシュバックは、気を抜くな、という自分自身からの戒めだ。二度と誰も信じてはだめだ。とくにDomは、決して。

食事を終えるとジョシュは慌ただしく出かけていき、羨はライハーンと一緒に家を出た。歩いて数分で隣の家につき、道路から家の敷地に向かって「ごめんください」とライハーンが声をかけると、縁側にひょこりと女の人が顔を出した。

ライハーンの祖母と親しくしていたと聞いたから、老齢だろうと思っていたのだが、思ったよりも若々しい。ライオン頭にぎょっとした顔をしつつも、サンダルをつっかけて敷地の端まで出てきてくれた。ライハーンは丁寧に頭を下げる。

「隣に住んでいた和香の孫のライハーンといいます。生前、祖母と仲良くしてくださったそうで、ありがとうございます」

「あら……、あらあら、あらあら」

驚いて目を丸くしながら、桃田はエプロンを両手で握った。

「和香さんのお孫さん？　あらやだ、わたし、あのもしゃもしゃ頭の人が孫なんだとばっかり……たしかアメリカに住んでるって言ってたわよね。わざわざいらしたんでしょ？」

「はい。祖母の遺言がありましたので、形見をもらうのと、遺品の整理で」

ライハーンがたてがみを揺らして微笑むと、桃田は少女のように頬を染めた。ライオンだなんてきっと男前なのねえ、と呟いてちらりと羨のほうを見てきて、羨は咄嗟に顔を逸らした。今でもSubを毛嫌いする人はいる。なにもしなくても疎《うと》まれるなら、無愛想だと呆れられるほうがましだからそうしたのだが、桃田は気にした様子もなく、どうぞ入って、と庭に羨たちを招き入れた。

そこ座っててねえ、と縁側を示し、自分は家の中に入ると、ほどなくお茶と饅頭《まんじゅう》を載せた皿を持ってきた。羨は桃田の視線から逃げるように、彼女から見てライハーンの後ろに、距離をあけて座った。

「こんなものしかないけどどうぞ。それで、和香さんのことでなにか？」

「ありがとうございます」

ライハーンはお茶を一口飲んで、正座した桃田のほうに顔を向けた。

「祖母はパッチワークが趣味だったようで、作品と、材料の布や糸がたくさんあるのですが、どなたか祖母の友人で、もらってくれる人に心当たりはありませんか？」

「ああ、それだったら、山野《やまの》さんがもらってくれるかも。たしかほかにも手芸のお友達がいたはずだから、それも山野さんに聞けばわかるわ」

桃田は「お饅頭もどうぞ」と皿を押しやりつつ、「電話したげる」と笑った。

「山野さんは、和香さんがここに引っ越してくる前からのお友達でね。よくここにも遊びに来てたわよ。なんだかSNSで知り合ったとかで……和香さん、そういうの好きだったから。おかげで私も友達が増えたのよ」

「祖母は楽しく暮らしていたんですね」

「しっかりしてるし、明るい人だから、みんな好きだったわ」

桃田が懐かしそうに声を湿らせた。

「病気になってからも、たいしたことないのよ、年を取れば誰だって不具合のひとつふたつあるでしょ、なんて笑っててね。梅ちゃんを預からせてもらってたけど、それだって私たちのほうが得したみたいなもので、恩返ししたかったなあ、なんて思ってたの。だから、形見わけの手伝いができるなら嬉しいわ」

「もしよかったら、桃田さんもなにかもらってください」

涙ぐんだ桃田をいたわるように、ライハーンの声はやわらかかった。

「なんでもかまいません。桃田さんも形見を持っていてくれると知ったら、祖母も喜びます」

「そうねえ……」

すすり上げてエプロンで顔を押さえ、桃田は言い淀《よど》む。と、そこに場違いな、「わん！」という吠え声が響いた。

ぎょっとしてみれば、道路から梅丸が走り込んできて、一目散に桃田へと飛びついた。桃田が大きな犬を抱きしめる。

「もう、梅ちゃんてば、またひとりで来ちゃったの？　勝手に玄関開けちゃだめって言ったでしょう」

叱りつつも、桃田は嬉しそうだ。

「和香さんが自宅にいるときも、梅ちゃん、よく脱走してうちに遊びに来てたのよ。もともと捨て犬で、保健所は可哀想ねってみんなで話してたとき、和香さんが『私が面倒見るわよ』って言ってくれて、みんなほっとしてたの。ほんとはうちで飼えたらよかったんだけど、そのときは主人の入院とかで手がいっぱいで……だから、梅ちゃんが遊びに来てくれるのが嬉しくて。孫もずっと犬をほしがってたから、梅ちゃんが懐いてくれるのはありがたいばっかりでねえ」

はっはっ、と舌を出し、笑ったような顔つきで、梅丸は桃田に甘えきっている。ぐいぐい身体を押しつける犬を撫でてやり、桃田は言いにくそうにライハーンに切り出した。

「遺品整理が終わったら、あなたはアメリカに戻るの？　それとも、ここで暮らすのかしら」

「戻ります。仕事があるので」

「そうよねえ。じゃあ梅ちゃんも、アメリカに行っちゃうのね」

頬を押さえて言い淀んでから、よかったら、と彼女は言った。

「帰る前に、梅ちゃんとうちの孫を会わせてもらえない？　休みのときしか来ないんだけど、連絡して来させるから。知らないあいだにアメリカに行っちゃったら、悲しむと思うの」

「それでしたら」

まるで待っていたみたいになめらかに、ライハーンが答えた。

「いっそのこと、梅丸を引き取ってはいただけませんか。梅丸も初めて会う私よりも、慣れている桃田さんたちと一緒に暮らせたほうが楽しそうだ」

「――いいの？」

ぱっと桃田の声が明るくなる。

「もちろんですよ。私も犬は好きですが、梅丸はほとんどあなたに飼ってもらっていたようなものでしょう。引き離したらかわいそうです」

なあ、と話しかけられた梅丸は、わかっているのかいないのか、笑顔のまま尻尾を振り回している。よかった、と漏らした桃田が改めて梅丸を抱きしめた。

「さすが和香さんの自慢のお孫さんね。優しい人で嬉しいわ。――和香さんも、生きているうちにもう一度くらい、会いたかったでしょうにねえ」

「不義理だったと、私も後悔しています」

再び涙声になった桃田を慰撫《いぶ》するように、ライハーンの口調はあたたかかった。

「実は遺言を見るまでは、好かれていないと感じていたんです。彼女の人生に、自分は必要とされていない気がして。でも、適度な距離を保って彼女らしく思ってくれていたのだと知って、後悔しました。ですからせめて、遺言どおりにつとめは果たしたいと思っています」

「大丈夫よ、和香さんもきっと喜んでるわ。素敵なパートナーさんも一緒なんだもの」

桃田はライハーンごしに羨を覗き込むように身体を斜めにし、羨は気づかないふりで庭の松を眺めた。桃田は善人なのだろう。そしてたぶん、ライハーンも。二人とも、家族や隣人や、人に頼らなければ生きていけない生き物を当たり前に愛せる、優しくてまともな思いやりのある人間だ。

けれど、いい人が羨にとって心を許してもいい人とは限らなかった。猫を溺愛していても、羨の首を絞めたがるＤｏｍだっていたのだから。

じゃあこのまま梅ちゃんにはいてもらうわね、と犬を家に上げた桃田は、知人に連絡が取れたら知らせると約束してくれ、ライハーンは饅頭もご馳走になってから立ち上がった。挨拶をして辞す彼に黙って従いながら、羨は一度も桃田を直視しなかった。家に戻り、ライハーンの顔も見ないまま告げる。

「食器も、使わなさそうなものは処分できるように広げます。そっちは別の場所をお願いできますか」

「今日は機嫌が悪そうだね、羨」

ライハーンが身をかがめ、下から羨の顔を覗いた。視線を逸らしたが、紅い目が追いかけてくる。

「機嫌というより、体調が悪いかな?」

「……どっちも悪くないです」

「だったら、二階を一緒に手伝ってくれないか。ひとりだとたぶん進まないから」

いやです、とは言えなかった。仕事だと内心で言い聞かせ、黙って向きを変える。ライハーンは先に立って二階に上がると、和香の寝室を開けた。

「昨日棚の中にこれを見つけたんだ」

扉つきのタンスから取り出したのは、いくつもの四角い菓子缶だった。中には手紙や葉書が入っている。

「三つは彼女が友人とやりとりしていたものだ。親しい人がわかるから、形見分けに役立つかもしれない。名前と住所を整理してもらえるかな」

「……わかりました」

「この缶はおれの手紙だ」

青い缶の蓋を開けて、ライハーンは羨に向かって差し出した。

「これなんか懐かしいよ。まだ十歳のとき、日本を離れてすぐ書いた葉書だ」

見たくなくても、大きな絵葉書の裏に書かれた日本語が見えた。拙《つたな》いが、子供らしくのびやかな字だ。

「おれはSBTの特徴が出るのが早くて、十歳でこの姿になってね。六歳から祖母と日本で暮らしていたんだが、大人になったのなら帰ってこいと、父の故郷であるアスティーラ王国に呼び戻されたんだ」

「アスティーラ？」

たしか中東あたりの国だったはずだ。アメリカ人じゃなかったのかと、思わず声を出してしまうと、ライハーンが「おれの家族は少しややこしいんだ」と肩を竦めた。

「祖母の和香はアメリカ旅行中に、イタリアから移住してきた祖父と出会って恋をして、結婚した。アメリカで生活して母が生まれたから、母はアメリカ人だ。その後祖父母は母が高校生のころに離婚して、和香さんは日本に戻り、祖父のほうはしばらくアメリカで母と暮らしたあと、母の留学を機にイタリアに戻ったんだ。で、母は留学したフランスで、父と出会った。それがアスティーラの現国王だ」

「国王って……」

ということは、ライハーンはアスティーラでは王子様なのだろうか。予想外の告白にぽかんとする湊に、ライハーンは「そうだよ」と頷いた。

「おれは一応王族だったんだ。もっとも父には母の前に二人結婚した相手がいて、おれは七番目の子供だから、成人と同時に継承権は放棄して、今はアメリカで暮らしている。ヴィクトリアは母、というか、祖父の家系の名前なんだ。アスティーラには家族がいるから、年に何度かは向こうで過ごすよ。ちなみにジョシュは、日系だという理由で、二歳のころからおれの学友として王宮で暮らしてもらっていた」

さらりと「王宮」などと言われて、だから妙に上品なのかと納得したが、現実味はなかった。見たことも、想像したこともない別世界だ。

「ほら、見て」

差し出された三つの手紙には、NYの消印と、アスティーラ語らしい文字の消印、イタリアの消印がそれぞれ押されていた。

「おれが四歳のとき、母と父が大げんかして、半年くらいイタリアの祖父のところで暮らしたこともある。だから今も毎年イタリアにも滞在するよ。五歳前にアスティーラに戻ったが、いろいろと事情が重なって、六歳で祖母に預けられることになった。日本で暮らした四年間は、短いけれどのんびりしていて、今でもいい思い出だ。だから離れたあとも、日本語を忘れたくなくて、和香さんに手紙を書くときはいつも日本語だったんだ。本当は声も聞きたかったが、和香さんは電話に出てくれなかったから、手紙にしていた。……もしかしたら手紙も受け取ってもらえていないかもしれないと思っていたけど、大切に取っておいてくれたとわかっただけでも、ここに来た甲斐があるよ」

そうだったんだ、と思ってしまってから、羨は手紙から目をそむけ、一歩後退った。

「仕事に関係のない話は、聞きたくないです」

「これは仕事じゃないけど、聞かせてほしい。――きみの祖母は、もう亡くなってしまったのか？」

はっとして羨は頭を上げた。家族のことなど一度も言っていないはずだ。ライハーンはかるく首をかしげた。

「昨日、うなされていたから、様子を見に行ったんだ。そうしたら寝言で、おばあちゃんごめんなさい、と言っていた」

「――――！」

ざっとうなじから背中にかけて鳥肌が立ち、羨はライハーンを睨みつけた。

「人が……、人が寝てるのを盗み見とか、最低だ」

「羨……」

「あんたには関係ないだろ！」

踏み込んでほしくなかった。どこも触られたくない。身体も、過去も、心も。

吐き捨てるような怒声に、ライオンの耳が困ったように小刻みに動いた。

「関係ないと言われると寂しいな。こんなに近くにいるのに」

「俺がここにいるのは単なる仕事だ。余計なことするなら、」

これじゃキレて怒鳴る最低の人間だ、と思うのに、憤《いきどお》りは収まらなかった。羨は震える唇を嚙みしめた。

「余計なことするなら、今すぐ出てく」

仕事がクビでももうかまわない。絶対にいやだ、と強く思った。なにがいやなのか、自分でもよくわからないまま、ただ「いやだ」と繰り返し思う。

(いやだいやだいやだ。おまえなんか)

ライハーンなんか、少しも信じることはできない。

じりっと後退った羨に、ライハーンは小さくかぶりを振った。

「出ていかれるのは困るよ。二週間が終わるまで、あと十一日ある」

「かわりのやつを頼めばいいだろ」

「かわりの人が来てくれても、羨がいなくなれば寂しいよ」

ライハーンは手にした箱を大切そうに持ち直した。

「こう見えて寂しがり屋なんだ」

「……は?」

妙に堂々した口ぶりに勢いを削がれ、なに言ってるんだ、と呆れてしまう。ライハーンはむしろ偉そうに胸を張った。

「好きだった祖母が亡くなっていたと知って、とても悲しい思いをしたばかりだ。それに、ひそかに飼いたいと思っていた犬とついに一緒に暮らせると思ったのに、梅丸にはすでに家族同然の人たちがいた。ジョシュに隣人が預かってくれていたと聞いたときから覚悟はしていたけど、正直寂しいよ」

「――」

「このうえ、せっかく来てくれた羨までいなくなったら寂しすぎる」

俺は犬かよ、とげんなりしたけれど、急激に怒りがしぼんで、言い返す気になれなくなった。

よく平気だなと考えながら、じっとこちらの返事を待つライハーンの胸あたりを眺める。寂しいとか悲しいとか、平然と打ち明けられる神経が、羨にはわからない。

(自分は弱いって言うの、恥ずかしくないのかな)

あるいは、望めば愛も手に入ると思っているのかもしれない。好きでいてほしいと願ってそのとおりになるのなんて、恵まれた人間だけなのに――ライハーンはきっと、見捨てられた経験も憎まれた経験もないのだ。

黙っていると、ライハーンが静かに名前を呼んだ。

「ねえ羨。きみが過去につらい思いをしたことはわかる。それがたぶんＤｏｍがらみで、とてもひどい出来事だったことも、想像はできるよ。でもせめて、ここで働くあいだは、おれを信用してくれないかな。普段は話さない自分の身の上を話したのも、おれを信頼してもらいたいからだ。約束どおり、許可なくきみに触れたりはしないし、なにも無理強いはしない。いやなことがあれば今みたいに怒ってくれてもいいし、できないとはっきり伝えてくれればいい」

ごく丁寧で、誠実な口ぶりだった。羨は焦《じ》れったいような思いで顔をしかめた。

「あんた、なんでそこまでするの。桃田さんにも簡単に犬あげちゃうし、俺なんかただの派遣サービスだろ」

「相手の望むことをしてあげたくなるのは性分だけど、梅丸のことは桃田さんのためというより、梅丸自身のためだよ。慣れた環境で慣れた人と暮らすほうがストレスが少ない」

なんでもないことのように、ライハーンは微笑んだ。

「羨のことは、ただの仕事で来た相手だとは思っていないよ。一度身体を重ねたからね」

「……セックスしたら他人じゃないって？」

「違うよ。きみとおれはちゃんと共鳴したからだ。快感や安堵をわけあっただろう？　同じように——」

手紙の入った缶の蓋を閉め、ライハーンはもう一度羨を見た。紅い、妖しいのに理知的な、不思議な瞳がまっすぐに羨を射抜く。

「きみが感じた怯えや痛みも、伝わってきたよ」

「——っ！」

それは予想もしない言葉だった。まさか、と目を見ひらいてライハーンを見返すと、金のたてがみが縦に揺れた。

「感じ取れたのはきっとほんの一部だけれど、プレイにいやな思い出があるんだとわかって、苦しかったよ。おれが詫びられることではないが、謝れたらいいのにと思ったくらいだ。——きみはもっと痛いだろうに、逃げずにいられて、とても強くてまっすぐなんだと、胸が揺さぶられた」

「……」

「だからせめてここにいるあいだ、羨にはいい思いをしてほしいんだ。おれのわがままだけれど、叶えてもらえたら嬉しいよ」

ライハーンは缶を棚に戻して、そっと羨の横を通り過ぎた。後ろから「ゆっくり考えて」と声をかけられる。

「予定どおり働いてもらえるなら、夕食は焼きそばがいいな。昔食べて以来、忘れられない味なんだ」

扉を閉めて一人きりにされて、羨は動けずにじっとしていた。

感情がぐちゃぐちゃに乱れて、腹が立っているのか、恥ずかしいのか、悔しいのか、よくわからなかった。

――Ｄｏｍとプレイすると、わずかな感覚さえも共有されてしまうだなんて、知らなかった。

土足で踏み荒らされるのに等しいはずが、けれど、なぜかうなされていたことを指摘されたときのように、激しい反発は湧いてこない。どうして、と戸惑いながら胸を押さえて、羨は初日の感覚を思い出した。

甘い安堵。喜びと、蕩けるような幸福。

もしあれが自分の感情でなく、ライハーンのものだったなら、と考えると腑《ふ》に落ちる。羨が急に気持ちよくなったというよりはずっと、納得できた。

(あれが、ライハーンのだったら……)

あんなふうに感じる相手——つまり羨を、弄《もてあそ》んだり、傷つけたり、粗末に扱ったりはしないのではないだろうか。

信じてもいいかもしれない、と考えてしまって、羨はどうにもできずにしゃがみこんだ。怖い。信じることはできない。でも。

(——あの人、一度も俺に苛立ったり、怒ったりしてない)

羨に対してどころか、ジョシュにも声を荒らげていないのだ。グレアのせいで威圧感のあったあの英語の電話さえ、口調は常に落ち着いて穏やかだった。

それだけでも、彼は初めての人だ。


「羨。明日は東京《とうきょう》まで一緒に行ってくれるかな」

ライハーンがそう切り出したのは、三日後の夕食のあとだった。リクエストに応じて作ったハンバーグの皿は綺麗に空になっていて、片付けながら羨は眉根を寄せた。

「東京に行くのが、遺品の整理と関係あるんですか?」

「うん、あるよ。朝は少し早めに出たいんだが、かまわない？」

「――時間はべつに、何時でもいいですけど」

「じゃあ七時に。朝食はどこかで買おう。ジョシュ、留守のあいだは頼むよ」

「はいはい、わかりました」

ジョシュはもしゃもしゃの頭を振りながら適当な返事をして、なにか変なような気がしたけれど、羨は気にしなかった。乞われるようなかたちでこの家にとどまることになったものの、ジョシュとの仲が深まった、ということはなく、彼についてはよくわからないままだ。フランクだが一定の距離感を崩さず、羨を歓迎するようには見えないかわり、悪意を向けられることもない。きっとあまり関わりたくないのだろう、と思ったから、羨からも極力話さないようにしていた。

雇い主ではないジョシュに対してはそれですんだが、問題はライハーンだった。

三日前は結局、悩んだ末に焼きそばを作った。信用はできないにしても、あれだけ下手《したて》に出られてまで、仕事を投げ出すのはひどすぎる気がしたし、できればバイトをクビにもなりたくない。なにが一番大切かを考えれば、あと一週間あまりを耐えるのが最善だと思えた。

自分の将来のためで、それ以上のことはなにもない――はずが、どうしてか、ライハーンが近くにいると、恥ずかしいような落ち着かなさがある。プレイの最中でなければ感覚を共有することはありえないはずだが、すれ違うだけでもそわそわした。

こんな状態で同じ車に乗って出かけるなんて気が重いが、仕事だと言われれば断れない。

気が進まないまま後片付けをすませ、入浴して二階へと引き上げ、部屋にこもる。あれ以来フラッシュバックは起きていないが、寝言でも言えば聞かれるかも、と思うと安眠もできずにいた。うとうとと寝ては起きるのを繰り返して翌朝は六時に起き、羨は全身緊張したまま、車の後部座席に乗り込もうとした。

「羨、助手席に乗って」

「――」

「途中で飲み物の蓋を開けたりしてほしいんだよ。頼む」

ライオンの顔でもそうとわかる、にっこりとした笑みを浮かべてライハーンが促してくる。強固にいやがるのもみっともない気がして、羨は黙って助手席に座った。

東京までの二時間は、緊張のわりになにごともなく過ぎた。ライハーンは話し方と同様に運転もなめらかで丁寧で、日本の道路には不慣れだろうに、迷うそぶりも見せない。ナビに従ってあぶなげなく進み、都心のホテルの地下駐車場へと停める。

ライハーンにともなわれて一階へと上がると、午前九時すぎのホテルのロビーは、羨の想像よりもずっと大勢の人がいた。窓は大きく、磨かれた床の煌《きら》めきや、見たこともない巨大な花瓶に生けられた芸術的な花や枝、天井から下がるシャンデリアに圧倒されて、羨は無意識に腕を交差させ、肘を掴んだ。

たぶん、すごく高級なホテルだ。

ライハーンを見つけたスーツ姿の男性が、女性の従業員を二人連れて寄ってきて「お待ちしておりました」と微笑みかけてくる。胸にはバッジがついていて、偉い人なのだろう、と想像がついた。ライハーンは鷹揚《おうよう》に頷きを返し、「よろしくお願いします」と告げる。彼らの案内を断るのがいかにも使い慣れている雰囲気で、社長だもんな、と納得してしまった。和香の家では異質なライオンの頭部の雄々しさや華やかさが、ここではしっくりと馴染んで見える。まとったスリーピースのスーツは彼の美しい身体を引き立てていて、さりげなく注目を浴びているのに気にした様子もなかった。

(社長なだけじゃなくて王子様だし……どっちにしても、こういうとこが似合う人だ)

羨は格好からして浮いていた。料理をしてもらうチップがわりだと言われて、着替えは数枚買ったけれど、どれも安くて変わり映えのしないTシャツばかりだ。清潔でも、きらびやかな空間にいると汚れているように思えた。

場違いだと萎縮《いしゅく》すると、ふっと背中にぬくもりが触れた。

「大丈夫？　移動で疲れたかな。ラウンジでお茶でも飲んでいてもらおうと思っていたけど、休みたいなら部屋を取るよ」

「……部屋なんかいいよ。疲れてない」

羨は慌てて首を横に振った。こんなホテル、一泊いくらするのか見当もつかない。ライハーンには些細な額かもしれないが、自分のために取らせるわけにはいかなかった。

よかった、と微笑んだライハーンは、ロビーの一角に設けられたラウンジへと進んだ。初老の男性が恭《うやうや》しいほど丁重に席へと案内してくれ、座るとライハーンが「なににする？」と聞いてきた。

「飲みたいものでも、食べたいものでもなんでもいいよ」

見回したが、メニューはない。いらない、と言いかけて、羨は小さな声で「コーヒー」と言った。コーヒーがない店はないだろうし、注文を待っている男性に、なにもいらないと言うのも失礼な気がした。

ライハーンが、俯きかけた顔を覗き込んでくる。

「羨は甘いものはきらい？」

「……きらいじゃないけど」

わざわざ食べるほど好きでもない。そもそも、お菓子のような嗜好品《しこう》を買うほど、気持ちにも金銭的にも余裕がなかった。ライハーンはたてがみを揺らして初老の男性を振り返った。

「パフェがいいかと思ったけど、アイスクリームが溶けてしまうよね。ケーキを何種類か盛り合わせてもらえるかな」

「かしこまりました」

初老の男性が嬉しそうに頷いて去っていく。居心地悪く座り直すと、ライハーンが「羨」と呼ぶ。

「触るよ」

「え？」

なんのことかと顔を上げると、手が顎に添えられた。視線をあわせたライハーンが目を細める。

「そうそう。こうやって、顔は上げておいたほうがいい」

顎を支えながら、ライハーンは耳の後ろにも指を伸ばした。

「緊張しているみたいだけど、そういうときほど顔を上げて、堂々としていて。羨には毅然《きぜん》とした態度のほうが似合うから」

「な……んだよそれ」

首を振って手から逃れたが、見抜かれた恥ずかしさで耳と頬が熱くなった。

「べつに緊張なんかしてない」

「そう？　それならいいけど、おれはこれから会議だから、二時間くらいひとりで大丈夫？」

ライハーンはにこにこしている。羨は思いきり顔をしかめた。

「何時間でもひとりで平気だ。……けど、それって、遺品整理のこと？」

「アメリカの会社の仕事だよ。羨は気にしないでのんびりしてて」

「のんびりって、俺も一応仕事で来たのに」

「うん。仕事の一環で、今日は休日だよ」

さらりとライハーンの手が頭を撫でた。

「二週間の契約なんだ、休日がないんじゃ労働基準法違反だからね」

――それは、詭弁ではなかろうか。

むっと唇を引き結び、にこにこ顔のライハーンを見返す。

「俺が休日で、あんたが仕事あるなら、わざわざ連れてこなくてもよかっただろ」

「だって羨と一緒に過ごしたいし、せっかくの休日だ、羨だってたまには、自分で作らずにおいしいものを食べたいだろう？　会議は和香さんの家でもできるが、東京なら、おれが知っている店もあるから。――ジョシュにはわざわざ出かけるのかって呆れられたけど、羨もいやだった？」

やや不安そうにそう聞かれ、道理でジョシュの態度が変だったわけだ、と思いながら、羨は首を左右に振った。

「いやってほどじゃ、ない」

勝手に決めてしまうあたりはＤｏｍらしいと思うが、彼なりの思いやりなのは、ちゃんと伝わってくる。

「よかった。じゃあおれは会議に出てくるね」

もう一度羨の頭を撫でてライハーンは立ち上がった。待てよ、と引きとめようとして、羨はさきほどの初老の男性がトレイにコーヒーとケーキの皿を載せて運んできたのに気づき、浮かせた腰を落とした。

「このホテルは父たちも世話になっているところなんだ。ケーキもコーヒーもおいしいから、ゆっくり楽しんでいて」

ライハーンは穏やかに羨の肩に手を置くと、男性へと目を向けた。

「私の不在中もよろしくお願いします」

「もちろんでございます」

快く微笑みを返した男性に「ありがとう」と告げ、ライハーンは羨に「またあとで」とウインクを寄越して去っていった。テーブルの上には、三種類のケーキが盛りつけられた真っ白な長方形の皿と、黄色と白の模様のコーヒーカップとが並べられ、羨は困ってしまった。

こんなの、どうしていいかわからない。財布は持ってきたけれど、たぶんコーヒー代ぐらいしか払えないだろう。連れてこられたのが我慢できないほどいやというわけでなくても、こういう不釣り合いな待遇は困る。

「どうぞごゆっくりお過ごしください。なにかご入用のものがあれば、おっしゃっていただければご用意いたします」

男性に丁寧に言われて、羨は黙って頭を下げた。離れていっても、彼はさりげなくこちらを見守っているのがわかって、逃げられなさそうだ、とため息が出た。

仕方なく手をつけたコーヒーはびっくりするほど香りがよく、苦いのに後味はすっきりしていた。ケーキはチョコレートと、よくわからない果物のタルトと、赤いジャムとクリームの入ったロールケーキだ。迷ってチョコレートケーキを口に入れれば、これも驚くくらいおいしかった。洋酒の匂いが心地よく、甘すぎず、溶けてしまうくらいなめらかだ。

きっと残りの二つも食べたことのないおいしさだろうと想像がついて、フォークを伸ばしかけ、迷って皿の端に置いた。

やっぱり、羨はこれを奢《おご》ってもらっていい立場ではない。

俯くと、そっとあの男性が近づいてきた。

「お気に召しませんでしたら、ほかのものをご用意いたしますが、いかがいたしましょう」

「いえ……えっと、おなか、すいてなくて」

首を横に振って、羨は言い添えた。

「すみません。お水もらってもいいですか」

「もちろんでございます」

「それと……トイレって、どこですか？」

「ラウンジを出られまして、右手を奥に進んでいただきますとございます」

「ありがとうございます」

丁寧な対応の男性に申し訳なく思いながら、羨はラウンジを出た。男性が水を用意するために姿を消したのを見届けて、すばやくホテルの外へと出る。ドアマンの視線も避けるようにエントランスから離れ、通りまで出てしまうと、やっと息がつけた。

ホテルの敷地に沿って植え込みがあり、石の覆いがちょうど座るのにいい高さで、そこに腰を下ろす。ひとまずここでライハーンを待とうと決めた。勝手に帰ってしまったら心配するだろうから、さすがに申し訳ない。

(でも、食事とかは、断ろう)

さっきのケーキとコーヒーの代金も、ちゃんと払わなければ。そう考えてから、残さず食べたほうがよかったなと後悔したが、もう戻る勇気はなかった。

仕事に向かうスーツ姿の人たちが、羨の前を通り過ぎてゆく。よく晴れていて、青空に高いビルが映えていた。広い道路をいきかうたくさんの車。街路樹。右手に見える緑は公園だろうか。ぼうっと眺めつつ、異世界みたい、と羨は思う。清潔で整然として、そこにあるべく計算しつくされた建物や緑の中を、社会の役割を担った人間たちが自信に満ちて歩いている。通り過ぎる女性がこちらを一瞥《いちべつ》して眉をひそめ、羨はいたたまれずに足元に視線を落とした。

街中にひとりでいると、ときどき、自分がひどく邪魔な存在に思えて苦しくなる。誰もが、羨に向かって「なんか」と言う。おまえなんか。あんたなんか。きみなんか。そう言われるのは彼らにとって、羨はわずかな価値もないからだ。言われ続けた言葉は染みついていて、この世界には居場所がないような気がしてしまう。

家族にも愛されたことのないＳｕｂ。十六で家出してからも、人に必要とされることなく生きてきて、自分自身でさえ好きだとは思えない。

深く俯きそうになり、羨はぐいと顎を上げた。青空を見上げる角度で、べつにあいつの言うこと聞くわけじゃないけど、と考える。

羨は立派でもなければ特別でもない。だが、不必要な存在でも、なにも悪いことはしていない。高級ホテルは場違いだけれど、公共の道路でくらい、堂々としていてもいいはずだ。

（お金貯めて勉強して、ひとりで生きていくんだから）

もっと強くならなきゃ、と背筋を伸ばした途端、横から声がした。

「あれ？」

やわらかいがどこか粘着質な声には覚えがあって、瞬間、背筋が凍りつく思いがした。呆然と振り返り、そこに立つ男を見上げる。

彼は狼の耳を動かし、赤い唇を笑みのかたちにした。膨れ上がるようにグレアが放出され、羨の全身に絡みついて、あっというまに息ができなくなる。

「やっぱり羨くんだ。一度抱くとすぐわかるよね」

甘く整った顔を、隣の連れへと向けた男——良和から、羨は目が離せなかった。動けないのだ。距離は二メートルほどあるが、意思を持って向けられたグレアは強烈だった。粘ついた縄で縛られたような感覚で、ぞくぞくした震えが身体の芯から湧き上がってくる。

良和の目には嗜虐《しぎゃく》的な光が浮かんでいた。二年前、羨が逃げたあとは追いかけるそぶりもなかったくせに、目の前にいれば嬲《なぶ》ってみたくなるのだろうか。相性が悪いと知っていてもいきなりグレアを浴びせてくる良和が、以前よりもずっと醜悪《しゅうあく》に思えた。

青ざめた羨を、連れの男性が無遠慮な視線で眺め回した。

「おまえの相手にしちゃずいぶん若いな」

大きなきつねの耳を持つＤｏｍだった。良和と年齢は同じくらいだが、スポーツで鍛え上げたとわかるがっちりとした体型だ。日焼けした肌が男性的な印象を強めていて、ポロシャツから伸びる腕も太い。

「ほら、前に話したでしょう。妻の連れ子だよ。たまたまＳｕｂでね。妻は怒っていたけど、パーフェクト・ハーフを逃してしまったら困るから、初めての相手になってあげたんだ」

良和が微笑んだまま羨を見る。舐めるような目つきに喉の奥がぐうっと鳴った。

（……気持ち、悪……い）

「初物ってこちらが尽くすばかりで面白くないし、残念ながら僕の特別な人ではなかったけど、結果的にはよかったかな。妻が犯罪に手をそめかねないからね」

冗談でも言ったつもりなのか、良和はおどけた仕草をしてみせて、連れの男が大声で笑った。

「すげえ焼きもちやきの奥さんだろ。Ｄｏｍ好きのニュートラルって、Ｓｕｂを毛嫌いしてるからなあ。俺ならニュートラルとは結婚しないがな」

「でも、Ｄｏｍとは結婚しても同性婚になっちゃうでしょう。子供が作れないし、結婚したあとになってパーフェクト・ハーフが見つかったら困るよ。そうでなくとも、ほかのＤｏｍとプレイしたからってほったらかしにもできないんだからさ」

「そういうときは友人同士で融通すりゃいい」

「きみはそれでいいかもしれないけど、僕はＳｕｂの訴訟も扱うからねえ。結婚相手がニュートラルのほうが外聞がいいんだよ。妻は昔親友をＳｕｂに取られたらしくてね。今どき珍しいくらいＳｕｂ嫌いだし、なんでもいいからＤｏｍと結婚したいって言ってて、ちょうどいいから、外でプレイすることには文句を言わない約束で結婚してあげたんだ。もっとも、自分の息子となると話は別だったみたいだけど」

ふふ、と品よく笑って、良和が歩み寄ってきた。動けないまま冷や汗をかいた羨の顎を、気取った仕草で持ち上げる。

「顔が好みだから惜しかったなあ。こういう澄ました顔のほうが、従わせ甲斐があるよね。ねえ越尾《こしお》さん。どう？」

ぐい、と摑んだ顔を連れの男のほうへと向けられて、ぴくぴくと腕が震えた。いやだ。いやだ。抱かれたくない。

「僕のじゃなくても、越尾さんのパーフェクト・ハーフかもよ。クラブの会合に顔を出すのは今日じゃなくてもいいから、二、三時間試してみたら？」

「若すぎるのは好みじゃねえが、まあ、やってみなきゃわからないしな」

越尾と呼ばれた連れの男はしぶるふりをしながらも、目の色はすうっと濃くなった。興奮したのだとわかって、羨はもがこうとした。気づいた良和が眉をひそめる。

「悪い子だなあ、せっかくグレアをあげてるのに。越尾さん、ここでもう契約しちゃえば？」

「綺麗な顔して、あんたはえげつないよな。俺は二人きりじゃないとやらんよ。どうせグレアでドロップさせておけばおとなしい」

越尾は口を開けて笑い、羨の腕を掴んだ。引っ張り上げるように立たされて、よろめくと抱き寄せられる。逞しい肉体からは汗とコロンのにおいがして、目の奥から暗くなった。今にも吐きそうだ。良和のグレアの影響が抜けきらないまま、どん、と越尾のグレアがのしかかってきて、脚ががくがくと震えた。完全なドロップ――グレアのせいで心身のコントロールができなくなる状態だった。

（いやだ……っ、いや、怖い――！）

パニックでもがきたいのに、わずかに身じろぐので精いっぱいだ。恐怖と苦しさで強張った羨の首筋に顔を埋め、越尾は堂々とにおいを嗅《か》いだ。嫌悪感にぐらぐらと目眩がして、羨は助けを求めて通りかかる人へと視線を向けた。

スーツ姿の男性と目があう。けれど彼は、まるでなにごともなかったかのように顔をそむけて通り過ぎた。

そんな、と愕然とした羨の前を、幾人も足早に通り過ぎていく。Ｄｏｍが二人連れ立っているだけでも目立つはずなのに、良和たちを一瞥した人も、Ｓｕｂに気づくと興味を失ったように顔をそむけてしまう。

まるで羨などそこにいないみたいに、誰も見ない。

もし羨が声を出せて、「助けて」と言ったとしても、足をとめる人はいないだろう——そう悟って、胸の奥が凍ったような心地がした。午前中から、公道でこんなことをされていても、見ないふりをされるとは思わなかった。

Ｄｏｍの不興を買いたくないからか。Ｓｕｂなどどうなっても関係ないと思っているからか。いずれにせよ、助けてはもらえない。

越尾はさらに、羨の胸を揉むように手をあてがった。

「安心しな。俺は見た目と違って優しいって、いつも喜ばれるんだ」

「……っ」

「契約だって、跪いて手にしてやるんだぜ？　きみもいつもよりいい子にできる」

それが特別なご褒美でもあるように、耳に唇を押しつけて囁かれ、気持ち悪さに鳥肌が立った。グレアは重たくまとわりつくようだ。体臭も声も話し方も、グレアも、なにひとつ魅力的じゃない。下腹部だけが意識に反して熱く、それが余計につらかった。

「もう勃ってる。越尾さんのこと気に入ったんだねえ」

覗き込んだ良和は満足げに笑い、二人は羨を真ん中に挟み、羨が出てきたホテルへと足を踏み入れた。ドアマンが恭しく彼らを迎え入れ、羨は絶望で口の中が乾いていくのを感じた。誰も、不審げにさえしない。ライハーンは会議中だ。ラウンジでついてくれた男性が羨に気づいたとしても、Ｄｏｍ二人相手ではなにも言わないだろう。逆に、羨がライハーンの不在中に、目を盗んで抜け出して、男を連れて戻ってきた——と報告されるかもしれない。

知ったら、ライハーンはなんと言うだろう。呆れながらも、「休日にすることだからね」などと言って、怒らないかわりに助けてくれることも、きっとない。

良和と越尾は堂々とフロントへ向かう。応対した女性は越尾が名乗ると「いつもありがとうございます」と丁重に頭を下げた。

「ご予約のお部屋はまだご用意できておりませんが、少しお待ちいただけましたら、空いているところにご案内できます」

「頼むよ。待ち時間は二階のプライベートラウンジを使わせてくれ。連れがいるもんでね」

越尾がにこやかに言い、肩を抱いた羨を持ち上げるように女性へと見せる。彼女は笑みを崩さず頷いた。

「ご案内いたします」

さっと制服姿の男性が寄ってきて、先導しはじめる。良和は「待ち時間だけ少し話そうか」とついてきた。羨は吐き気と目眩をこらえながら、制御できない恐怖心で気絶しそうだった。

怖い、いやだ、と、それだけしか考えられない。ドロップしているせいだ。みっともないほど手足が震え、涙がこぼれそうだった。自分のみじめな反応が厭《いと》わしくてもどうにもできず、小さく呻《うめ》き声が漏れた。

助けてもらえる見込みはない以上、二時間か三時間、耐えるしかないのだ。

案内のベルボーイは気まずげで、良和と越尾はにやついているようだった。エレベーターはすぐにとまり、無人の廊下を進んだ。突き当たりは観葉植物で目隠しされていて、その先がプライベートラウンジのようだ。

頭を下げるベルボーイには目もくれず、越尾は観葉植物を回り込む。座り心地のよさそうな大きなソファーがいくつもある——と認識した瞬間、ぱっと金色の光が飛び散った気がした。咄嗟には、なにが起こったかわからなかった。越尾と良和が動揺し、摑まれていた肩に指が食い込む。痛みに顔をしかめ、視線を上げて、羨はようやく、そこにライハーンがいることに気づいた。

「……ライハーン」

自然と声がこぼれ、紅い目に見つめ返される。いつになくきついその目はすぐに、羨を摑んだ男へと向けられた。

「失礼ですが、どんな理由があれ、私のパートナーにそのような触れ方はしてほしくない。返してもらいます」

低い獣の唸《うな》り声が語尾にまじり、口元から牙が覗いた。距離をつめ、ごくかるく越尾を押し退《の》けて、羨の身体を引き寄せる。乱暴でも強引でもない動作だが、良和たちは気圧《けお》されたように抗わなかった。しっかりと胸に抱き込まれ、汗の浮いた額から前髪を払われる。

「羨、大丈夫？」

「……、ん」

どっと身体の芯がゆるんで、呻くような声しか出なかった。息を吸い込むとひゅうっと音がたって、ほとんど呼吸できていなかったのだと気づく。強い目眩がしたが、それはさきほどまでと違い、安堵のせいだった。

(――助けて、くれた……)

「なるほど、羨は今は、あなたのパートナーでしたか」

いち早く立ち直った良和がよそゆきの声を出した。

「そうとは知らず、おせっかいを焼きました。外でひとりで具合が悪そうにしていたものですから……私は羨の家族なんですよ。妻の連れ子ですが、父親です」

高村です、と名乗って手を差し出す良和にぞっとして、羨は無意識にライハーンの服を摑んだ。ライハーンはそっと抱きしめ直してくれ、握手には応じずに頷く。

「そうですか。私はライハーン・アミール・ヴィクトリアです」

ぎょっとしたように良和が固まり、横の越尾と視線を交わした。すぐさま笑みを取り繕う。

「――まさか、Eヴィクトリアの？」

「ええ。私の会社です」

「Eヴィクトリアの、金獅子CEOですな。日本でも有名だ。私は越尾雄多《ゆうた》といいます。試合で活躍しましたから、ご存じだと思いますが」

越尾が愛想笑いをして名乗る。知っているともいないとも言わずに、ライハーンは丁寧に、だが冷ややかに言った。

「パートナーを気にかけていただいたのなら礼を言います。そのわりにはグレアを垂れ流して、ずいぶんと興奮されているみたいですが」

「……っ、誰がだ！」

越尾の顔が赤黒く染まった。拳が握り締められたが、ライハーンは頓着せずに「失礼する」と告げて、羨を抱き上げた。

ふっと踵が浮いたかと思うと、逞しい腕に身体が支えられ、羨は熱い耳を意識しながら目を閉じた。手足には力が入らず、おそらく良和たちには安堵して身を任せているように見えただろう。背を向けたライハーンに、良和が負け惜しみを言った。

「そちらこそ、ご自分のパートナーなのでしたら、もっときちんと管理しておくべきでしょう。往来でものほしそうな顔をさせるのがお仕置きなら、我々も手伝えたんですがね」

歩きかけていたライハーンがぴたりと動きをとめた。半分だけ、後ろの良和たちを振り返る。

「管理？　私は、羨を管理などしません」

堂々と、きっぱりと、荒らげずとも圧倒的に力強い声だった。

「私はただ、慈しむだけですよ」

目を閉じたまま、羨は浅く息をこぼした。良和たちが悔しげにしているのが見なくてもわかったが、彼らはもう気にならなかった。それよりも――胸が、痛い。

(助けて、もらった)

道ゆく人は誰もが無視したのに、パートナーだなんて嘘までついて、ライハーンは羨を救ってくれた。それだけではなく、「慈しむ」と言ってくれたのだ。

いつくしむ、と胸の内側で繰り返すと、心臓がちくちくと痛む。綺麗な光が幾重にも反射するような、眩《まぶ》しい気がする痛みだった。

どうしてこんなに優しくしてくれるんだろう、とせつなくなって、羨はいっそう強く目を閉じた。そうしていないと、涙が出そうだった。

泣いて、ぎゅっとしがみつきたい。ありがとうと伝えて、謝って、それから。

それから――。

望んではいけないものが溢れてしまいそうで、羨は小さく身じろいだ。忘れちゃだめだ、と自分に言い聞かせる。羨はただの家事代行サービス兼、デリヘルのＳｕｂだ。ライハーンは善人だから、助けてくれただけ。

「そうだ……ごめん……会議だったよね」

「気にしなくていいよ。ホテルの人が、きみが外に出てしまったと連絡をくれてね」

ゆっくり歩いてエレベーターに向かうと、さきほどのベルボーイが扉を開けて待っていてくれた。乗り込むと、階数だけ押して彼は降り、お辞儀したままドアが閉じた。ライハーンはライオンの頭をそっと押しつけてくる。

「緊張していたようだから、自由にさせて見守っておいてほしいと頼んだんだ。本来なら、ホテルの外での仕事は彼らの範疇《はんちゅう》じゃないのに、わがままを聞いてもらえてよかったよ。おかげできみが声をかけられてすぐに気づいてもらえて、こうして助けにもこられた」

「……ありがとう」

逃げ出したのも気づかれていたのかと思うと、自分の幼稚さが恥ずかしかった。外に出なければ良和たちにちょっかいをかけられることもなかったのだ。ごめん、とつけ加えると、ライハーンが寂しそうに目を細めた。

「どうして謝るの？　謝らなきゃいけないとしたらおれのほうだよ。会議は退屈だろうと思ってひとりにしてしまったけど、ケーキでも食事でも、部屋に運ばせて一緒にいればよかった。ひとりにしなければ、怖い思いをさせずにすんだのに」

「……べつに、怖くはなかったけど」

「嘘をついても駄目だよ。まだ震えてる」

やんわりと抱きしめられ、平気だと言おうと手を持ち上げると本当にまだ震えていて、つい自嘲が漏れる。

「みっともないよな、こんなの」

「身体が危険を察知してるんだ、大事な反応だよ」

慰めるように言って、静かにとまったエレベーターから、ライハーンは羨を抱いたまま降りた。ほんのり暗い廊下には絨毯《じゅうたん》がしきつめられ、歩いても足音がしない。扉はひとつしかなく、いつからいるのか、脇に立っていた男性が無言で開けてくれた。部屋の中に入ったはずが、まだ廊下が続いていて、まばらにあるドアを通り過ぎながら進むと、巨大な窓から光がいっぱいに差し込む空間に着く。ダイニングテーブルやソファーなどが配置された、リビングみたいなその場から、ライハーンはさらにドアを開けた。

ドアの先は寝室で、見たこともない大きさのベッドにそっと下ろされる。額をくっつけて、ライハーンが苦しそうに言った。

「あの父親が、羨のいやな記憶の元凶だね」

「……そういうのも、わかっちゃうの？」

笑おうとして失敗して、羨は震える手を握りしめた。逃げるように俯いて、なるべくなんでもなく聞こえるようにと願って、「そうだよ」と絞り出す。

「あいつが初めての相手だったんだ。――ひどいことは、されなかった」

殴られたり、怒鳴られたりはしなかった。Ｄｏｍにしては優しい抱き方の部類で、ただ羨が勝手にぼろぼろになっただけだ。

ライハーンはため息をついた。

「彼が今日したことだけでも十分にひどいことだよ。無理やり初対面のＤｏｍの相手をさせようとするなんて、元パートナーとしても、父親としても間違っているし、最低だ。それに、あのスポーツ選手もだ。契約前からああやってグレアを浴びせていやらしく触るだなんて、Ｄｏｍとしてどころか、スポーツマン、いや人間として恥知らずだ」

珍しく吐き捨てるような語調に、怒ってるみたい、と羨は意外に思った。さっき良和たちと相対しているときも、いつになく怖い顔だった。

「……なんでそんなに怒ってんの？」

そう聞くと、ライハーンは目を見ひらき、信じられないといいたげな表情をした。

「なんで？　そんなの、羨が暴行されそうになったからに決まってるだろう」

「決まってるって、あんたには関係ないじゃん。助けてくれたのは感謝してるけど、そこまで怒る必要はないだろ？」

「――羨」

悲しそうな顔で、ライハーンは羨の隣に座って手を握った。

「関係ないなんて言わないで。おれはきみが好きなんだ」

「好……？」

ぽかんとしてしまい、羨は横のライハーンを見上げた。彼は照れくさそうに咳払《せきばら》いする。

「もちろん、人間として好ましいという意味だけではないよ。恋人として、ということだ」

「それは、わかったけど……なんで？」

全然わからなくて、羨はもう一度聞いた。自分が愛されるに値する人間だなんて考えたことはない。出会って日の浅い人間に大切に想われるわけがなかった。

「俺好かれる要素ないだろ」

「ないなんてどうして言い切れる？　きみとはプレイして、感じあった仲だ。もっともっときみのことを知りたいし、おれのことも知ってほしいと思っているよ」

つまりＳｕｂだからで、それ以上の理由はないように思える。だったら俺じゃなくてもいいのに、と思ったのが顔に出たのか、手が優しく握り直された。

「それに、羨には魅力的なところがたくさんあるよ」

「――たとえば？」

出まかせだろう、と身構えた羨に、ライハーンが顔を綻《ほころ》ばせた。

「まず、仕事熱心だ」

「…………普通だろ」

「全然普通じゃないよ。なにを頼んでも丁寧にやってくれるし、真面目にやろうとする態度が伝わってくる。独立心があって、プライドも高い。ジョシュとはやりづらいだろうに、文句を言うこともないよね。食事も、栄養のバランスがよくておれたちの好みにあいそうなものを、気を遣って作ってくれてる」

聞いているうちに、耳が奥から熱くなってきた。どれもたいしたことじゃないのに、ライハーンはなにか特別なことのように、一言一言を発するのだ。羨はいたたまれずに顔をそむけた。

「べ、べつに……熱心なんかじゃない。今まではプレイを申し込まれても毎回逃げてて、だから次逃げたらクビだって言われてたぐらいだ。不真面目で、責任感のないやつだと思われてる」

「羨は繊細なんだよ」

指が耳のうしろを撫で、優しく、だがしっかりと羨の顔の位置を戻す。

「Ｓｕｂとしての共鳴能力も高いから、相手に愛情がないと過敏に反応してしまうんだろう。肉欲だけの要求に傷ついて、それが身体的な拒否反応になってもおかしくない」

「……そんなの、ただの推測だろ」

「そう？」

包み込むように微笑んで、ライハーンは羨の頭を撫でた。

「きみが繊細で感受性が強いのは、少し一緒に過ごしただけでもわかるよ。だからこそ、人の痛みもよくわかるんじゃないかな。自分では気づいていないかもしれないけど、きみは一度も、和香さんのものを雑に扱ったこともなければ、遺品整理をしているおれに対して、馬鹿にするような態度や、投げやりな態度を取ったことがない」

「それは……だって、仕事だから」

「仕事でも、もし面倒だと思っていたらどこかに出てしまうよ。実際、アメリカでは『それはCEOがなさらなければだめなんですか？』と質問した部下もいた。なにしろ和香さんとは、二十年も直接会ってない。彼女があの家に引っ越したことだって、知ったのは母経由なんだ。おれ自身彼女には嫌われていると思っていたくらいだし、定期的に手紙は送っていても、向こうから返信はなかったから、厄介ごとを押しつけられただけのように見えたんだろうね」

ライハーンはかすかに笑って、じっと羨を見つめた。

「羨は優しい。仕事も、苦手なことでも頑張ろうと努力できる。そういう人を慈しみたい、害するものから守ってあげたいと思うのは、たとえDomとSubじゃなかったとしてもよくある、普通のことだろう？」

「――普通……」

「たまたまおれがDomできみがSubだったことは、感謝してもいい幸運だ。誰より深く愛しあえるんだから」

幸運、と羨は小声で繰り返した。そんなふうに考えたことはなかった。

そうだよ、と囁いて、ライハーンが手を持ち上げた。

「お互いがぴったりのボディタイプで出会えたなんて奇跡だ。できれば、時間をかけてきみを愛したいよ」

宝物のように羨の手の甲に頬をあて、紅い目が熱を込めて見つめてくる。

「せめて、今日羨が味わった苦痛を忘れさせてあげたい。——努力させてくれる？」

それが「プレイしたい」という意味だと、羨にもわかった。グレアはない。じっと羨の返事を待っているが、ライオンの顔にも、瞳にも優しさが溢れていて、その誤解しようもないほどのまっすぐさが、羨の心臓を締めつけた。

ほかに誰が、確かめてくれるだろう。惹かれていると告げるだけでなく、想いを向けてもかまわないかと聞いて尊重してくれる人なんて、きっとめったに出会えない。

こくん、と頷いてしまってから、恥ずかしさといたたまれなさで顔が真っ赤になった。慌てて顔をそむける。ライハーンが追いかけるように唇を寄せ、ごくかるく、触れあった。

「……っふ、」

一度離され、唇がしっかり重なるのと同時に、全身がほどけるような錯覚がした。心地よい温度のお湯に浸《つ》かったみたいな、ため息の出る気持ちよさ。ライハーンのグレアが包み込んでくれたのだ、と気づくと、小さく声がこぼれた。

「あ……っ、あ、」

全然、違う。ライハーンのグレアは羨を従えるのではなく、抱きしめて守るかのようだ。

「羨。……羨。好きだ」

ライハーンは両手で羨の顔を支え、熱心に口づけを繰り返す。唇を割って舌を入れられ、ちゅく、と舐められるだけで背筋が痺れ、頭がぼうっと霞《かす》んだ。桃色の靄《もや》が、意識も身体も覆い尽くす。

気持ちいい、と蕩けて脱力し、羨はゆるゆる沈み込む快感に浸った。そこからぼんやりと覚醒すると、ライハーンがそばに身を横たえ、こちらを覗き込んでいた。

「気がついた？　羨、キスだけで達って、気を失ってしまったんだよ」

愛《いと》おしそうに髪を梳かれ、そんなはずない、と股間に触れようとして、自分が裸だと気がつく。自分だけじゃない、ライハーンもすでに服を脱ぎ、裸の胸が羨の腕に触れていた。

「あいつらのせいでドロップしてしまったみたいだったからね。よほど負担だったんだろう。具合は悪くない？」

「平気。……ごめん、心配、いっぱいしてもらって……」

「平気ならよかった。続きができるからね」

ちゅ、と額にキスし、ライハーンは微笑を浮かべた。大きな手がすっぽりと羨の性器を包む。べっとり濡れたそこがまた硬くなっているとわかり、羞恥で目が潤んだ。恥ずかしいのに、太腿はねだるみたいに左右にひらく。親指と中指を巧みに使って、くびれと鈴口をいじりながら、ライハーンがコマンドを出した。

「ＬＯＯＫ。――きみの相手が誰か、よく見ていて」

なめらかに耳に馴染む命令に、じんと熱さを増した目で、羨はライハーンを見つめた。ふさふさのたてがみが揺れ、ライハーンは視線を絡めたまま身体をずらした。腹に口づけ、手で支えた羨のペニスにも、愛おしそうにキスしてくる。

「……っ、嘘、……っ」

まさか舐める気だろうかとびっくりして、羨は膝を立てた。ライハーンの身体を挟んでとめるつもりが、それより早く口内に含み込まれ、たまらずに喉を反らす。

「……っぁ、……く、……ん、んっ」

「羨、声を我慢しないで。それと、ＬＯＯＫ」

淡く生えた陰毛を撫でて、ライハーンが優しく促す。羨は呻き、息を乱して下半身を見下ろした。大きなライオンの頭部が、下腹部の上にある。目があうとライハーンは舌をのばし、見せつけるようにゆっくりと性器に這わせた。

「っふ、……く、……んっ、」

厚みがあってざらついた舌に愛撫されるのは、味わったことのない感覚だった。じょわり、と奥から体液を漏らしてしまいそうな、危うい快感。無意識に踵でシーツを蹴ると、ライハーンは羨の太腿を持ち上げ、赤ん坊のおしめを替えるようなポーズを取らせた。全部丸見えになる格好に、かあっと全身が熱くなる。

「恥ずかしいの？　大丈夫だよ、羨の身体はどこも綺麗だ」

「そ……そういうことじゃなくて、こんな格好……っ」

「見ながら舐めたいんだ。きみがおれを見てくれているように、おれも羨のことは、すみずみまで見たいもの」

「ば……っ、あ、……っ、んッ」

俺が見るのはそっちがコマンド出したからだろ、と思うのに、じゅぷりと含み込まれると、文句も逃げたい気持ちも霧散してしまう。

（や……こんなの、気持ちよすぎる……）

どうして男たちが奉仕させたがるか、体験してみるとよくわかる。股間全体が燃えるようで、ものすごく――たまらなく、快感だった。

ライハーンは悠々と股間を愛撫した。下生えをかきわけて舐めてみたり、陰嚢《いんのう》の裏から孔にかけてをくすぐってみたり。唇を噛みしめようとしても、敏感な裏筋を舐められると耐えられず、声が上ずった。

「……あっ、……っふ、……ぁ、あッ」

「目を閉じてはいけないよ、羨。誰としているのか、ちゃんと見ていてほしいんだ」

「っア、あっ、や、それっ、や……ぁっ」

「やめてほしいときはセーフワードを使って」

微笑み、たっぷりと唾液を垂らして、ライハーンは陰嚢にも吸いついた。飴玉のように舌で転がされてぞくぞくと震えが走り、羨は何度もまばたきした。みっともなく勃起した自分の性器なんて見たくない。でも――。

（ライハーン……幸せ、そう）

口元を笑うようにゆるめて、彼は羨に奉仕している。陰嚢をびしょびしょにしたあとは羨の分身にしゃぶりつき、唇を窄められる感触に、びくんと腹が波うった。溶けそうなくらい熱い。全部気持ちよくて、先っぽがむずむずして、漏れそうだ。羨はライハーンの後頭部を見つめて訴えた。

「つも、出……る、から……っ」

「飲むから出していいよ」

ライハーンはちらりと見上げてくる。同時に指で根元を締めつけられ、そそのかすように先端へ向けて扱《しご》かれた。舌先がちろちろと鈴口をくすぐる。

「――っく、……ん、……っぁ、……ッ」

口の中になんて出せない、と思ったのに、十秒ともたずに羨は腰を突き出した。勢いよく射精してしまいながら身体をくねらせ、襲ってくる快感に満たされる。

（な……んで、こんな、気持ちいの……）

射精なんて味わえる快感は一瞬だ。そのはずが、ライハーンとだと、だるいような絶頂の感覚がいつまでも続くのだ。唇はだらしなくひらき、端から唾液がこぼれ落ちたが、拭うこともできなかった。

しおれた羨のペニスに名残惜しそうに口づけ、ライハーンは太腿を摑んだまま、羨を見て目を細めた。

「可愛いね、羨。今までで一番、蕩けた顔をしてくれてる」

「見……、んな、……よ」

「見るよ、もちろん。愛おしい人とは、見つめあいながらしたい。——羨、両手を出して」

「手……?」

意味もわからず左右の手を差し出すと、ライハーンは膝裏を摑むように導いて、「持ってて」と笑った。

「お尻の準備をするあいだ、きみの顔が見られるように、しっかり持ってひらいておいて」

「…………っ」

いやだ、と思う羞恥心と、ごまかせない喜びとが交差した。みっともない顔を見られるのは恥辱でしかないはずが、彼になら、と思ってしまう。

恥ずかしくても見てほしい。だって。

「ああ、いい子だね、羨」

褒めてくれる、と思ったとおり、ライハーンが優しく脚を撫でた。

「見れられるの、嬉しいんだ？　本当にきみは――たまらなく可愛い」

可愛い、と言われるのも嬉しかった。よかった、と安堵が込み上げて、後ろの孔にジェルをまぶされれば、幸福感さえ湧いてくる。心臓が疼くような喜び。

「あ……っ、ふ、……ぁ、あ……っ」

指を受け入れながら喘ぐと、ライハーンの目の奥で光がちらつく。飢えたように濃さを増してもなお、紅い瞳は優しい眼差しで、「嬉しいよ」と囁いてくる。

「羨のここ、おれの指を覚えているね。二本入れても全然拒まない。気持ちいい、嬉しいって、感じてくれているね」

「……っは、ん……っ、あ、……あっ」

「おれもすごく幸せだよ。気持ちいいね、羨」

うっとりとした声で言われて、胸の疼きがいっそう強まった。嬉しくて泣いてしまいそうなほどで、これが、と羨は思う。

(――これ、半分は、ライハーンの気持ちなんだ)

ライハーンは喜んでいるのだ。羨を組み敷き、つながるための準備をしながら。恥ずかしい格好で全部を見せる羨と見つめあいながら。

強い歓喜にひくりと喉を鳴らすと、ライハーンが指を抜いた。

「入れるよ、羨。――CALL ME」

びり、と耳が痺れた気がした。胸の疼きが喉まで駆け抜け、目尻が焼けるように痛む。

「……っ、ライハー、ン」

初めて音にした彼の名前は、熱くて舌まで溶けるようだった。どうしようもなく心が震え、羨は夢中で繰り返した。

「ライハーン……っ、ライ、……っ」

「そうだ、きみを抱くのはおれだよ、羨。——いい子だ」

満足そうに頷いて、ライハーンが分身をあてがってくる。かるく馴染ませたかと思うとすぐに押し込まれ、ぬぷりと沈む感触に喘ぎが漏れた。

「あ……っ、は、……ぁ、……んっ」

眼裏《まなうら》がちかちかするほど気持ちいい。ライハーンの大きなペニスが蕩けた襞をかきわけ、満たしていく。

「ぁ、あ……っ、あつ、……あっ、ふ、……ぁ、あっ」

「羨の中も熱いよ。——初めてもとても気持ちよかったけど、今日は比べものにならないな」

ライハーンもわずかに息を乱していた。

「うねうね絡みついて、もっともっとって催促してくれてるみたい。気持ちよくてたまらなくなってくれたんだね」

言いながら深くへと入り込まれ、尾てい骨からうなじまでがぞくぞくした。シーツを握りしめようとすると、ライハーンがその手を取って、指を絡めた。

「ＬＯＯＫ、羨。ＣＡＬＬ ＭＥ」

「あ……」

コマンドが、まるで愛の告白のように聞こえた。Ｄｏｍがほしがるのは信頼と愛情だとライハーンは言ったが、たしかに、少なくとも彼自身が望むのは、隷従ではないのだ。

「――ライハーン」

頭の芯から蕩けたようにぼうっとしたまま、羨は呼んだ。紅い目を見つめ、つないだ手に入らない力を込める。いい子だ、とライハーンの唇が動き、直後に雄が奥めがけて突き入れられた。

「……っ、は、……ぁっ、あ、ああっ」

知覚したこともない腹の中心に、硬く熱いものがぶつかる。鈍い痛み。身体の中が歪んでくり抜かれてしまう錯覚がして、けれど怯えにも似たその予感は、快感を妨げはしなかった。

(気持ちい……おく、奥が、……溶ける……っ)

「前より奥まで入ったよ、羨。行き止まりに当たってる」

わかる？　と囁きながら、ライハーンがそこを優しく捏《こ》ね回した。

「ここは好き？　もっと欲しい？」

ぬちゅぬちゅと結合部が音をたてる。爛《ただ》れたようなひりつきに、羨はがくがくと頷いた。

「……っ、好……っ、もっ、と、……あ、あっ」

「苦しくない？　ゆっくりするけど、少し強くしても感じてくれる？」

「ん……っか、ん、じる、から、……ぁっ」

崩してほしい。突いて、歪めて、もっと深く入れてほしい。じゃないと、じんじんしすぎておかしくなりそうだ。

「嬉しいな、羨。かき混ぜてほしいんだね。この先まで貫かれたいくらい気持ちいいの？」

幸せそうに、甘やかすように言って、ライハーンはつないだ手を組み直した。

「いっぱいずんずんしてあげるよ。そのかわり、ちゃんとコマンドどおりにするんだ。LOOK、そしてCALL ME。誰とセックスしているか、よく噛みしめて。ほかのDomのことなんか、全部忘れるように」

「……ライハー、ン……」

意図せず、まなじりから涙がこぼれ落ちた。愛されている、と実感が生まれて、あとからあとから、涙が流れる。

ライハーンは、羨を愛してくれる。

「……っライハ……ン……っ」

夢中で手をのばして首筋に抱きつき、抱きしめ返されると全身が震えた。抜けそうになった性器を、ライハーンがゆっくり押し込んでくる。耳のすぐそばで、「いい子だね」と声がした。

「抱っこが好きなら、このまましよう。見なくてもかまわないから、名前は呼んで？」

「ん……っ、ライハーン……、ライ、……っぁ、……あ、あっ」

抱き合ったままは動きづらいはずなのに、腰をしならせて勢いをつけ、ライハーンは打ち込んでくれた。あやすように穏やかなリズムで、羨の奥に切っ先を当ててはぐりぐりと押す。羨は重たい脚をライハーンの腰にかけた。もっと。もっと深く。ほどけないように強く。奥まで貫いて、教えてほしい。

「好きだよ、羨」

声にならない願いが聞こえたように、ライハーンが囁いた。

「きみに会えて嬉しい。きみが身体を許してくれて、とても誇らしいよ。おねだりしたいくらい気持ちよくしてあげられてよかった」

「ッ……ぁ、……ぅ、……あ、あ……ッ」

「もう大丈夫だよ。よく頑張ったね、羨」

声にあわせてピストンされると、腹の中から慰撫されているようだった。腰がだるくて、もどかしいような感覚が渦巻いている。絶頂の前触れはむずがゆくたまらない快楽だったが、それと同時に、もっと深い喜びが意識を満たしていた。

「あ……っ、ライ、……ライ、……っ、……っ」

「いいよ、我慢しないで」

ずん、とひときわ強く奥に亀頭が当たる。びしりと破けるイメージとともに、きつく背中が反り返った。

「……っ、――――っ！」

意識がすうっと遠のくほど、激しい絶頂だった。全身の感覚が失せて、下腹だけが熱く燃えている。ひくつく身体が押さえ込まれるのがぼんやりとわかり、太く逞しい雄がなおも動いたかと思うと、ぼうっと胃のあたりまでぬくもりが広がった。同時に深い満足感が身体中に満ちわたる。ひくん、と手足が痙攣するのまでが心地よく、羨は陶然とした。

ずっとこのままでいたいくらい、幸せだ。

脱力した羨の額に、ライハーンが口づけた。

「中に出したよ、羨。上手にできたね」

長くあたたかい指先が、耳の後ろを撫でてくる。まばたきして見上げると、たてがみのかわりに端正な顔があって、紅い目が愛おしそうな光を浮かべていた。ありがとう、と囁かれて、またうっとりとする。初めて味わう充足を、ライハーンも同じように感じたのだと、目で見てわかるのが、素直に嬉しかった。

スイートルームは羨の想像の五倍は広く、バスルームだけでも無駄なくらい大きかった。ライハーンはこの部屋で会議に出たのだと思っていたが、それは別の場所で、ここは羨と泊まるためにわざわざ追加で押さえたのだそうだ。

二人で入っても余るプールみたいなバスタブで、羨は後ろから抱きしめてくれるライハーンにもたれかかって、ぼんやりと窓の外に目を向けた。午後の、淡く靄をかぶったような都会の景色と、秋の青空が見える。

「……すごい贅沢してる気分」

夢でも見ているみたいだった。焦りと不安に追い立てられることもなく、好きだと言ってくれる人に抱かれて、昼間から風呂になんか入っている。

「贅沢してると思えるくらいリラックスしてくれたなら嬉しいよ」

人間の顔のライハーンが、羨の首筋に口づけた。抱きしめたまま、いたわるように指先で耳の後ろをくすぐり、そっと切り出してくる。

「あまり話したくないかもしれないけど、きみの父親のフルネームを教えてくれる？」

「……高村良和だよ」

顔が脳裏に浮かんだが、普段のように全身に拒絶反応が出ることはなかった。

「母さんの再婚相手で、弁護士をしてる。俺の地元に事務所があるけど、もともと東京で働いてたみたいで、週の半分くらいはこっちにいるんだ」

「なるほど。羨にとっては継父なんだね」

「——うん」

頷いて、自分を抱きしめるライハーンの腕に触れた。

「あいつにされるまでは、いい人だと思ってた」

誰にも言ったことのないその行為を、どうしてか話してしまいたかった。十六のときの、恥ずかしくて悔しくて、消し去りたい記憶。

「中学のあいだは、ばあちゃんの家で預かってもらってたんだ」

お湯を掬《すく》ってはライハーンの腕にかけ、羨はぽつぽつと話した。母がＳｕｂを毛嫌いしていたこと。彼女は夫である良和が羨にかかわるのを極端にいやがっていたが、良和は隠れて援助して面倒を見てくれたこと。羨はすぐにでも一人暮らしをしたかったが、母の疑いや怒りが収まるまでは同じ中学に通ってほしいと説得されて、結局三年半、祖母と暮らした。

「学校ではボディタイプは言うなって先生に言われてたんだけど、結局みんな知ってて、いじめにあって、あんまり通えなかった。先生も最低で、助けてあげるから知り合いのＤｏｍと先生と俺の三人でプレイしようとか言ってきたりして、断ったらすごい怒られた。おまえなんかをせっかく気にかけてやったのにって——」

怒鳴られ、殴られたときには悲しく思う気力もなかった。殴られた痣《あざ》を祖母に気づかれないようにとだけ腐心したことを思い出して言葉につまると、いたわるようにライハーンが口づけてくれた。

「立場を利用して暴力をふるうやつはどこにでもいるよね。悲しいことだけど」

そっと押しつけるキスで、耳や髪に唇のぬくもりを感じると、「平気だよ」と笑えた。

「少しは傷ついたけど、卒業したら東京で一人暮らしできる、良和さんに助けてもらえるって思ってたから、面倒なことになるなら登校しなくていいやって思って。おばあちゃんがちょっと心の病みたいになったせいもあって、世話する人が必要だったしさ。良和さん、おばあちゃんのことも心配しなくていいって、俺が東京に出るときは、介護サービスのある施設を探してくれたんだ。……すごく優しくて、頼りになると思ってた」

頼りになるどころか、羨にとっては、彼だけがよすがだった。

晴れて一人暮らしできるようになり、働きながら高卒認定試験を目指したいと言えば、勉強を教えてあげようとも言ってくれて、未来は明るいように思っていた。

だが、東京に引っ越して一週間も経たないうちに、彼は態度を変えた。十六の誕生日を迎えて、まだ数日しか経たない九月のある日、今日は帰らなくていいからゆっくりできると笑い、グレアを出して羨を圧倒し、契約を迫った。

「これからも援助してほしければ同意しろって言われたんだ。俺は初めてのグレアで動けなくなって、怖くて――気がついたら、頷いてた」

ライハーンの腕に優しく力がこもる。羨は一度目を閉じた。身体のあちこちにいやな記憶が蘇る。髪を摑まれて痛かった頭。舐めろと強制され、靴下ごと足指を入れられた口。男根をつっこまれて苦しかった喉。彼のものを口淫しても射精しなかったからと、縛《いまし》められた性器。這いつくばって後ろから挿入されたときの、膝の痛み。

「……俺のためだって、言ったんだ、あいつ。優しくするだけだからねって」

Ｄｏｍ好きのする身体にしつけてあげるよ、と良和は微笑んだ。父親だもの、羨くんがいくら失敗しても大目に見てあげる。それに、もしかしたら僕のパーフェクト・ハーフかもしれないものね？　結婚相手の連れ子だからって、試してみないわけにはいかないでしょう？　大丈夫、もしパーフェクト・ハーフでもきみのお母さんと離婚はしないし、違っていたとしても、面倒は見てあげるよ。一度抱かれればきみたちはプレイなしには生きていけなくなるけど、羨くんが望むなら、毎日だってプレイできるようにＤｏｍを紹介してあげるからね。全部、羨くんのためだよ。

流れるように言いながら、彼は羨に命令し、屈服させ、思うがままかき回して汚した。終わったあとには不満そうに狼耳を動かし、「最悪だったね」とため息をついた。「せっかくきみなんかと試してあげたのに、そんな顔しかできないなんて、どうしようもないＳｕｂだな」。

「——満足、できなかったのは俺がＳｕｂとして至らないせいだって言って、来週からはもっとしつけが必要だって言われて……それで、逃げたんだ」

「それは、何歳のとき？」

「十六」

「もしかして、それ以降もずっと、一度も相手には恵まれなかった？」

ライハーンの声は悲しそうで、羨は目を開けて彼の肩に頭を乗せ直した。

「最後までやったのはあの父親とだけで、あとは毎回途中で逃げてた。今の仕事についてからも、どうしても無理で――自分でも、なんでできないんだろうって思うくらい、だめだった」

「そうだったんだ」

深いため息をついて、ライハーンは頬をすり寄せた。

「教えてくれてありがとう。思い出すのもいやなのに、話すのはつらかっただろう」

「……べつに」

金色の髪がくすぐったい。羨は抗うように呟いた。

「ライハーンが、好きとか言うからさ。あとから幻滅されたくないし、ほかのＤｏｍの評価も聞きたいかもと思って、それで言ってみただけ」

本当は違う。どうして話したいと思ったのか、自分でもよくわからない。けれど、素直にそうとは言えなかった。脱力しきって身体は甘えた状態でも、心のどこかには不安があった。

夢みたいな状況と、信じられないような幸福感。ライハーンが感じた喜びは疑いようがなくとも、好きだと言われて舞い上がって、全部渡してしまうわけにはいかない。

（だって、パーフェクト・ハーフなんて、この世にいるわけないんだ）

あれはＤｏｍのないものねだりだ。飽きっぽい性分を隠すための、ロマンチックなごまかしにすぎない。期待はせず、ひとりで生きていくのが一番いい。

「そうやってすぐに壁を作ってしまうくらい、最初の経験はトラウマなんだな」

ライハーンはせつなげに呟いて、羨の耳を撫でた。唇でもそこに触れ、ねえ、と呼びかける。

「契約しよう、羨。ジョシュが申し込んだサービスの期間が、あと一週間残ってるだろう？　そのあいだ、おれのパートナーになってほしい。本当は期限なんて設けたくないけど、羨はいやだよね。怖がらせたくないから、まずは一週間だけ」

そっと羨を抱き上げ、向かい合わせの体勢に導いたライハーンは、真剣な顔をしていた。まっすぐに目を見つめ、丁寧に髪を梳いてくれる。

「一週間試してみるだけでいいよ。最後の日が来たら、また契約するかどうか、羨が選んでくれていい」

羨のためだ、という口調だけれど、一週間後にライハーンから「もう契約はしない」と言うこともできるのだから、彼にとっても都合のいい条件だ。ずるいＤｏｍらしい、と思おうとして、羨は目を伏せた。

馬鹿みたいだ、と涙のにじみそうな目元を拳で拭う。

（なんで俺、嬉しいとか思ってんの）

こんなの全然嬉しくない。たしかにライハーンは今までいなかったタイプで、誰より優しくて、羨を甘やかしてくれるけれど、一生彼に頼って生きていこうなんて、思ってない。

でも。

「…………一週間、だけなら、いいよ」

震える声で、羨は言った。

一週間だけなら許せる、と思う。少しだけＤｏｍのものになる自分を、許容できる。これは体調を整える休みみたいなものだ。クビにならないためで、楽ができるから嬉しいだけ。

期待はしてない、と言い訳して、急いでつけ加えた。

「でも、延長はしないから」

「うん、それでいいよ。ありがとう」

ライハーンはほっとしたように微笑んで、するりと羨の顎を撫でた。かるく持ち上げられ、気恥ずかしさをごまかしたくて紅い目を睨むと、彼のほうがまぶたを伏せた。

かわりに、唇が近づく。長いまつ毛も濃い金色なのを見てとって、羨は唇を受けとめながら目を閉じた。

リビングいっぱいに響いていた女性たちの笑い声がなくなると、家の中は急に静かになって、ジョシュが苦笑いした。

「あの年齢のご婦人方って、集まるととにかく賑《にぎ》やかなんですよねえ」

羨はカップをトレイに集めながら、がらんとしたリビングを見回した。ついさっきまで、七人の女性がいた。隣人の桃田と、彼女が連絡してくれた山野と、彼女の友人たちだ。和香の手芸仲間だったという女性陣は、五十代から七十代までと幅広い年代で、皆明るくて元気がよく、話し声はリビングにほとんど入らなかった羨にまで聞こえてくるほどだった。あれこれと思い出話に花を咲かせたかと思うと、ライハーンやジョシュを褒め、布や作品の分配について意見を出しあい、お茶菓子がおいしいと喜び、和香をしのんでしんみりもした。彼女たちのおかげで、パッチワーク関連のものはすべて引き取ってもらうことができた。

「でも、和香さんの話が聞けて興味深かったよ」

カップの片付けを手伝いながら、ライハーンがたてがみをかるく振った。

「あそこまではっきりライオン頭について言われると、かえって気分がいいくらいだ」

遠慮のない女性たちは、ライハーンの頭部に驚き、何度も話題にしたのだ。和香さんの孫だったら、もっと可愛い動物のはずだ、と一人が言うと、私はうさぎがいいとか、いや猫だ、犬だとみんなが言いあって、最終的には「意外とライオンが一番和香さんっぽい」という結論に落ち着いていた。

「ライハーン様がＤｏｍなんであって、和香さんは関係ないんですけどねえ」

ジョシュが肩を竦めつつ、珍しく照れくさげに笑う。

「でも僕、嫌いじゃないです、ああいう女性たち」

「へえ、初耳だな」

「ちょっとお節介だけどみなさん優しいでしょう。人を安心させるようなおおらかさがあって、お互い手助けするのにもためらいがない。そういうの、苦労したりとか、長く生きてきたからこそだと思うんですよね。僕もぜひ見習いたいところです。それに、祖母に会いたくなります」

懐かしそうに言うジョシュを横目に、羨はカップを載せたトレイをキッチンへと運んだ。後ろからライハーンがついてきて、流しにカップを移すと、腰に手を回してくる。

「羨のおかげで、お菓子も好評でよかったよ」

「あれは俺じゃなくて、桃田さんが教えてくれたやつだよ。知ってるだろ」

ぺとっと背中にくっつく仕草は甘えるかのようで、羨は内心どぎまぎしてしまう。なるべくそっけなく「どいてよ」と言ってみたが、ライハーンは離れなかった。

「桃田さんに教えてもらおうって言ったのは羨だよ。おかげでおれの株が下がらなくてすんだ」

なめらかな声が耳のすぐそばで聞こえてくすぐったい。甘える口調だと気がついて、羨はふと心配になり、肩に顎を乗せたライハーンを横目で見た。

「……ライオン頭のこといろいろ言われたの、やっぱりいやだった？」

気分がいいだなんて言ったわりに、ライハーンは傷ついているようだ。落ち込んでいるような気配に、迷いつつも腹のあたりで組まれた彼の手に触れると、ライハーンは驚いたように目を見ひらいた。

「いいや？　楽しかったよ。まるで彼女たちとおしゃべりする和香さんがあの場にいるみたいで、みんな本当に仲がよかったんだろうなと感じられた」

「そのわりには、ちょっと傷ついてない？」

「いや——ああ、でも」

否定しかけて、ライハーンは笑うように口元を動かした。

「傷つきはしなかったけど、そうだね。寂しくはなったよ。和香さんが生きているうちに、こんなふうにみんなでわいわい過ごすところにおれもまざれたら、どんなに楽しかっただろうと考えてしまったんだ」

しんみりした声に、羨の心もきゅっとなって、今度はもう少ししっかり彼の手を撫でた。

「和香さんのこと、好きだったんだね」

「彼女みたいなかっこいい女性は、おれにとって初めてだったんだよ。べたべたしたがらず、ひとりでも上手に人生を楽しめるタイプだ。かといって冷たいわけじゃない。礼儀には厳しかったけど、おれが寂しがったり落ち込んだりしていると、さりげなく慰めてくれた。彼女と一緒に暮らしたのは東京のマンションだったんだが、夜中に屋上に連れ出してくれたり、急に花火を見にいこうって車に乗ったり――泣いたときは、一回だけ背中を叩いてくれるんだ。いっぱい泣いときなさい、大人になるとなかなか泣けないんだから、って」

「……なんか、想像つく気がする」

素敵な人だったのだろうと羨は思う。だから友人たちにも、あんなに慕われていたのだ。

ライハーンは抱きしめた羨の身体をかるくゆすり、頬に口づけた。

「すごいね、羨は。ベッドの中じゃなくても、おれの気持ちに共鳴してくれる」

「そんなんじゃ……」

否定しようとして、じわっと耳が熱くなった。たしかに、ライハーンの感情の動きは、なんとなくわかってしまう。さっきは寂しそうだったし、今は――。

「嬉しいよ」

耳の裏にも鼻先を押しつけられ、ふわりと目眩が襲った。ライハーンの喜びに呼応して、自分の中にも疼くような喜びが生まれるのがわかる。どきどきしてしまいそうになるのを、羨は流しのふちに摑まってやり過ごした。なんにも感じてないふりを装い、「それより」と淡々と言う。

「この食器はどうする？　たぶん、家具を引き取ってくれる業者に頼めば、食器類も処分できると思うけど」

東京から戻ってきて、今日でちょうど一週間だ。羨がこの家に来て二週間。契約期間が終わるというのに、家はあまり片付いていない。趣味の品はさきほど全部なくなったし、家具類は引き取ってくれるリサイクル業者を探して頼んだから、いつでも回収してもらえる。本は寄付したり売ったりして処分が終わり、絵画は山野の知り合いという人が引き取ってくれるそうで、梱包して送ることに決まっていた。

だが、写真や手紙はそのままだ。数は少ないがアクセサリーや雑貨などもあり、なにより、ライハーンはまだ、なにを形見として手元に残すか決めかねているようだった。

「食器は最後にしよう。まだ来客があって使うかもしれないからね」

予想より全然進まない片付けに羨はやきもきしているのに、ライハーンはのんびりしている。耳の後ろに再度鼻が押しつけられ、においを嗅がれていると気づいて、羨は身をよじった。

「プレイじゃないときは触るなって言っただろ」

「今のきみとおれはパートナーなんだから、スキンシップくらいは許してほしいな」

「——それだって、今日で終わりだ」

羨は意を決して振り返った。正面から見つめあうのは得意じゃないから、できればやりたくないけれど、今日だけは丸め込まれるわけにはいかない。

「契約、延長しないって言ったの忘れた？」

「覚えてるよ、もちろん」

ライハーンは首をかしげて微笑んだ。ひげが小刻みに揺れて、妙に楽しげだった。

「ちょうど提案しようと思っていたんだ。まず遺品の片付けの手伝いは、このまま続けてもらいたい。引き継ぎしてもらっても、次の人が羨みたいに細やかに対応してくれるとは限らないからね。和香さんのことは、信頼できる人に手伝ってほしいんだ」

「そ……れは、べつに、いいけど」

仕事がもらえるならありがたい。だが、パートナーとしての役割までなしくずしに求められても困る。

「じゃあとはSubとしてのサービスはなしってことでいいんだよな？」

念を押すと、ライハーンは曖昧《あいまい》に頷いた。

「そのことなんだけど、羨にはこの先、おれと直接契約をしてほしい。以前聞きたいことがあって会社に電話したら、社長だという女性にいろいろ言われてしまってね」

「——電話、したんだ？」

がめつくて自分と会社の利益しか考えていないような社長だ。もしかしたら、ライハーンにもなにか嫌味を言ったのかもしれない。

ライハーンは「なかなか個性的な人みたいだね」と肩を竦めてから、にっこりしてみせた。

「個人的にきみを雇うことにすれば、賃金は百％羨のものだ。仕事内容は片付けの手伝いだけ。そうすればプレイは、無理しなくてすむだろう？」

「……それは、そうだけど」

「それに、これなら『新規』であって、延長じゃない」

ここぞとばかりにいい笑顔を向けられ、羨は唇を引き結んだ。なるべく力を込めて、ライオンの顔を睨みつける。

「言い方変えてごまかすつもりかよ」

「ごまかしてないよ。ただ、おれの希望を伝えただけ。——ねえ、羨はこの一週間、どんな気持ちだった?」

「どんなって……」

べつに、と言おうとして口ごもった。

あれから一週間。ライハーンの態度は、すごかった。

一緒にいるときは常に羨に意識を向けていて、じっと見つめられることもしばしばだった。気になって見返せば微笑まれる。「なんだよ」と言えば、「見ていたいんだ」と甘い声が返ってきた。「きみがパートナーだなんて、幸せだと思って」——蕩けるような表情でそう言いながら、かるく髪や耳を撫でては、額に、頬に、キスして抱きしめる。スーパーへの買い出しも、ジョシュにかわってライハーンが運転を担当し、ドアを開けてくれたり荷物を持ってくれたりした。夜は一緒に寝たいとせがまれて、二度羨のほうが折れ、プレイもせずに抱きしめられて眠った。

それがどれも、ライハーンにとっては「恋人には普通」の態度なのだという。

(……そりゃ、あんなことされたら、たいていの人は浮かれるし欲張りにもなるよ)

ライハーンが過去にSubとトラブルになったのは、半分は彼自身のせいな気がする。誰にでもあんな接し方なら、勘違いされても仕方がない。

もっとも、まるでこの世で一番愛おしいもののように、言葉も態度も惜しまない接し方——羨の語彙《ごい》では「いちゃいちゃしている」としか言えない状況は、羨にとってはものすごく気恥ずかしく、いたたまれないばかりだった。

(おはようの挨拶でおでこにキスとか、されたことないんだからちょっとは手加減してくれたっていいのに)

「羨？　いやだった？」

窺うように、ライハーンの鼻先が耳たぶに触れる。その冷たさに自分が火照《ほて》っていると気づかされ、羨は俯いた。恥ずかしい。想像したこともないような甘ったるいセリフや行動ができるライハーンが恥ずかしいし、なにより、あんなに甘やかされても、いたたまれなくはあってもいやじゃなかったことを見抜かれているのが、一番恥ずかしい。

だから精いっぱい、不機嫌な声を取り繕った。

「ああいうべたべたしたの、俺は嫌いだ」

「べたべたはしてないと思うよ」

「今、まさにべたべたしてるだろ。なにかっていうとすぐくっついてくるじゃん」

いつのまにか、ライハーンの腕は腰に回っている。正面から抱きすくめられるような格好で、ジョシュが来たらまずい、と頭の片隅で思う。昼間からキッチンでいちゃつくＳｕｂなんて最低だと、眉をひそめられるだろう。

俺だっていやだ、と考えるのに、ライハーンを押し退けられない。

「これはね、羨。甘やかしてるんだ」

動けない羨の背中を撫でて、ライハーンが言った。

「羨は今まで、あんまり甘やかされずに生きてきたから、その分だよ。受け取るはずだったものを後払いでまとめてもらってるだけだから、恥ずかしいなんて思わなくていいんだ。むしろ、もっと甘やかしてくれってねだって、くっついてくれてもいいんだよ？」

「――それ、ライハーンがやりたいだけじゃないの？」

もう離れろって、と小さくつけ加えてみたが、自分でも本気には聞こえなくて、言った途端に後悔した。本当に、こんなの全然好きじゃない。軽蔑している部類の行動なのに。

「羨はどういうのが好き？」

長い指が地肌をかきわけ、髪を梳く。あちこち触るなってば、と心の中だけで言い、羨はライハーンの肩に額を押しつけた。

「どうって……もっと、普通でいいよ。こ、こういうのは、二人きりのときに、ちょっとだけすることだろ」

「今も二人きりだよ」

「ジョシュがいるってば。そ、それに、昼間だし。……あと、好きとか言うの、一日に一回でも多いよ」

「そう？」

くすっとライハーンが笑った。

「この一週間、おれがきみに好きだと言ったのは東京のホテルでだけだけどな？　毎日何回も言われてる気分だった？」

揶揄《からか》うように楽しそうに顔を覗き込まれ、湊はびっくりして首を振った。

「嘘つけ、毎日でれでれした顔して……、」

何回も言われた、と言おうとして、いやな予感に口をつぐむ。

――たしかに、「好き」とは言われていないかもしれない。幸せだとか嬉しいとかは、毎日言われたけど。

「よかった」

至近距離で目を細め、ライハーンはもう一度頭を撫でた。

「言葉にしてはいないけど、ちゃんとおれの気持ちが通じていて嬉しいよ。これからは一日一回声に出して言うことにする」

「つ、い、いらない！」

「羨は可愛いね。大好きだ」

じんとつま先まで痺れた。ライハーンの声は幸福で蕩けそうなため息まじりで、耳の奥にあたたかくキスされているみたいに、身体中が反応してしまう。膝から力が抜けそうになり、手探りでライハーンのシャツを握りしめた。

「……終わる、まで、だったら」

恥ずかしい。こんなに甘ったれて、ぬくぬくとしているなんて、大人のすることじゃない。そう思いながら、ずるい言葉を絞り出す。

「片付け終わるまでなら……契約、してもいい、けど」

「本当？　嬉しいよ、ありがとう」

弾んだ声で言ったライハーンにするりとうなじを撫でられ、キスされる、と焦って首を横に振った。

「で、でも。だからって、わざと片付けをゆっくりやるとかは、だめだからな」

「もちろん、そういう卑怯な真似はしないよ」

しっかりうなじを固定して、ライハーンは羨に顔を上げさせた。まばたいて見上げれば、やわらかい微笑を浮かべたライハーンが、鼻と鼻をくっつけてきた。

「むしろ急ぎたいけど、雑にしては和香さんにも申し訳ないからね、きちんと必要なだけの時間をかけて終わらせるよ。終わったら、今度は羨に別のお願いをしたいんだ」

「別のお願い？」

なんだろう、と眉根を寄せると、ライハーンはくっつけた鼻をすりつけた。

「ふたつあって、ひとつはもっとそばにいてって、プロポーズする」

「ばっ……馬鹿じゃないの」

かあっと顔に血がのぼり、慌てて視線を逸らそうとした。一瞬早く唇が触れあって、ぞくりと背中を震えが駆け抜ける。

「……っん、」

「いやだったらそのときに断ればいい。羨が受け入れてもいいと思ってくれるように、おれは努力するだけだからね」

キスしながら囁かれ、視界にきらきらと光が舞う。ライハーンは眩しいように目を細めた。

「本当は今だって、仕事だなんて言い訳しないで恋人になってほしいくらいだけど、急な変化は羨には酷みたいだから。まずは来月末までにしようか。そのあいだに、頑張って片付けに決着をつけよう。どう？」

「——わかった、……ん、……ッ」

頷くとすぐにキスされ、羨は立っていられずにしがみついた。グレアは感じないのに、身体がいうことをきかない。力なくひらいた唇の隙間から舌がすべり込み、声が喉でくぐもった。

「ん……ん、ぅ……っ」

「もしよろしければ、なんですけど」

急にジョシュの声がして、羨はびくっと強張った。ライハーンは顔をしかめると羨の頬を宥めるように撫で、それから振り返った。

「もう少し待っていてくれてもいいんじゃないかな、ジョシュ」

かるく咎める声音で、もしかしたらジョシュはずっと近くにいたのでは？　と気づいた。どうしよう、と焦ったが、ライハーンの腕を抜け出そうにも、脚にはまだ力が入らない。こわごわ覗くと、ジョシュは微妙な呆れ顔で、もしゃもしゃ頭をかいていた。

「待っていてもいいんですけど、ライハーン様の雰囲気からして、二時間くらいキッチンが使えなさそうだなと思いまして。今日は夕食をスーパーで買ってきたほうがいい気がするので、行ってきますから、二階でゆっくりされたらどうですかとお伝えしようと思ったんですよ」

「買い物……っ、俺、行きます」

羨は必死でライハーンを押し退けた。大丈夫です、と言いながら、よれてしまったTシャツや髪を整える。

「無理しなくていいですよ。ライハーン様が拗《す》ねますし」

「無理してないです。運転、お願いしてもいいですか」

今はとても、ライハーンと一緒に外になんて行けない。そそくさとジョシュの脇を抜けて玄関に向かうと、ライハーンが追いかけてきた。

「だめって言っても買い物には行くから」

引き止めるつもりだろうと、牽制《けんせい》してそう言うと、ライハーンは首を横に振った。

「買い物はジョシュと行ってもいいけど、別のお願いのもうひとつのほうも、先に聞いておいてくれないか。そっちはできれば、近々行けたらと思ってるんだ」

予想とは全然違うことを言われ、羨は羞恥も忘れて、彼の真面目な顔を見上げた。

「行くって、どこに？」

「羨のおばあ様に、会いに行ってみないか」

「…………おばあちゃんに？」

ざわっと胸が騒ぎ、祖母の頼りない声が蘇った。困ったねえと繰り返していた彼女が現在どんな生活を送っているのかは、ずっと気になっていたことだ。良和が探してくれた施設はよさそうなところだったたし、良和が祖母に対して邪険にする理由はないから、きっと平穏に過ごしているとは思うけれど。

（……やっぱり一回くらいは、謝りたい）

祖母が心を病んだのは羨のせいだ。羨がＳｕｂでなく、母に嫌われて預けられたりしなければ、娘ともっとうまく付き合えたはずだった。

「——会いたいとは思ってるけど、でも、ひとりで行けるよ」

きゅっと拳を握りながらライハーンを見つめると、大きな手が頭を撫でた。

「羨がそうしたいなら、おばあ様とはきみだけが会えばいい。でも、近くまで一緒に行くよ。万が一、たとえば施設にＤｏｍがいたり、きみの母親やあの父親と出くわしたときに、守ってあげたいんだ」

「……なんだよ、それ……」

「返事は急がないから、ゆっくり考えて。カップは洗っておくよ」

くしゃりと髪を撫でたライハーンはキッチンへと戻っていき、ぬくもりだけが頭に残った。ぼんやりそこを押さえてしまってから慌ててスニーカーを履き、黙って待っていたジョシュに「すみません」と謝る。ジョシュはいいえ、と応えたが、車に乗り込むと珍しく、羨のほうを見た。

「こういうお節介はあまり好きじゃないんですけど、ライハーン様があそこまで舞い上がるのは珍しいことなので、お伝えしてもいいですか？」

「――なにをですか？」

ジョシュには相変わらず、好かれてはいない気がする。露骨な態度は取らないが、決して一定以上の親しさを見せようとしないのだ。好意を隠さずに言葉でも態度でも伝えるライハーンとは対照的だった。

そんなジョシュが改まって切り出すのはあまりいい話ではないだろうと、羨は身構えた。ジョシュはエンジンをかけて車を走らせ、「実は」と言った。

「昨日、ライハーン様のところに、お兄様から連絡があったんです。十月に日本にいらっしゃるそうで、会いたいと。ご存じだと思いますが、アスティーラの王子のお一人です。どうして急に来日するか、羨さんはわかりますか？」

横目で見られ、黙って首を横に振る。なんとなく予想はついたが、言いたくなかった。

「ライハーン様がメールで、伴侶にしたいほどのSubと出会えた、と伝えたからです。いずれ家族にも会ってほしいと書いたみたいで——念のためお伝えしておくと、僕がメールを盗み読みしたとかではなく、シリオン様が僕に教えてくれたんです。ライハーンがこう言ってるけど本当か、って」

シリオン様というのがお兄様のお名前です、と律儀に説明し、ジョシュは慎重な手つきでウインカーを出した。

「日本で出会ったSubのことをとても愛しく思っているのは本当ですよとお伝えしたんですけど、僕もびっくりしました。ライハーン様は基本的に、他人に対してはとても寛大だし、親切です。Subが相手なら、正直僕が『ちょっとなあ』と思うような人物でも、甘やかすし可愛がります。今までは境遇や経験から、ひねくれることや悪事に手を染めることがあっても、いい出会いがあれば本来の性格を取り戻して、素敵な恋愛関係を築けるかもしれない、と思ってるんですよ。Domって、そういうところがあるでしょう？」

「……それは、わかります」

Ｄｏｍはいろんな意味で傲慢なのだ。相手を支配したり、変えたりが、自分にはできると思っている。

「でも、それでも、ライハーン様がご家族にパートナーを紹介したことはありませんでした。僕の知る限り、一番長いときは一年近く関係が続いたんですが、その人のことも、名前を伝えたり写真を見せたりしたことはないし、もちろん会わせたいなんて言い出したことはなかったんですよ。なのに羨さんのことは会わせたがるから、シリオン様も、ほかのご家族もみんな驚いてるんです」

きっちり法定速度を守って車を進めつつ、ジョシュはもう一度羨を横目で見た。

「もちろん、ライハーン様にとって満足できる相手、プレイのあとで完全な人間に戻れる相手はとても珍しいですが、それだけではあそこまで浮かれないはずです。身体の相性がよくても、相手が善人とは限りませんからね。ライハーン様が最初に人間の顔に戻れた相手は、アスティーラで出会った方で、ライハーン様にとって初めてのパートナーだったんですが、宝石やお金を盗んで逃げてしまったくらいです」

ジョシュの口調に悪意はなさそうだったが、羨は膝の上で拳を握りしめた。

「それって、俺も盗みを働いて逃げるかもしれないから、先に警告しておくぞってこと？」

「そういうつもりじゃありません」

淡々と否定して、ジョシュは少しだけ笑った。

「前も言いましたが、できれば羨さんが、ライハーン様と長くパートナーでいてくれたらいいと思ってます。ころころ相手が変わると、僕も余計な気を遣わなきゃいけないので。……きつと羨さんには、僕がすごくいやなやつに見えますよね？」

聞かれても、面と向かって「はい」とは言えない。それに、いやなやつというよりは、どう対応したらいいかわからないだけだ。黙っていると、「わかってます」とジョシュは呟いた。

「Ｓｕｂの方たちもやりにくいだろうと思いますが、僕も正直、やりにくいんです。僕はＳｕｂの人たちにとって、ライハーン様というＤｏｍに付随するニュートラルにすぎません。仮に趣味や性格が僕と似ていて仲良くなったところで、彼とライハーン様の関係が解消されたら、そこで終わりです」

どこか自嘲するような口ぶりだった。羨は意表をつかれた思いで、もしゃもしゃ頭の横顔を盗み見た。

ニュートラルはＳｕｂのような身体的な制限もなく、自由なマジョリティで気楽だろうと、無意識のうちに思っていた。

でも、Ｄｏｍがそばにいると違うのかもしれない。劣等感があったり、フォローしなければならないことがあったり、不満に思うことがあってもおかしくない。

「誤解しないでくださいね。僕はライハーン様のことは本当に好きです。友人として呆れることもあるけど、彼が幸せで満たされていられるよう願っている。だから一時期は、ライハーン様と付き合うことになったSubに、親切にしたこともあったんですよ。でも、僕を利用しようとする輩《やから》も多くて、うまくいかなかったんです。なので最近は、なるべく距離を置くようにしています。まあ、そっけなくしたところで、僕にまで色目を使うSubもいるんですけどね」

信号で車をとめると、ジョシュは青い目をこちらに向けた。

「羨さんは珍しいです。僕が距離を置いていると気がついたら、羨さんのほうからも距離を置いたでしょう？　そういう方はめったにいません」

「…………そうなの？」

「ええ。多いのは僕の機嫌を取ろうとするタイプですね。もしくは追い払おうとするか。ライハーン様って、社会的立場や家柄だけでも、パートナーになれたらすごくいい相手じゃないですか。なにしろ、世界的企業に急成長したEヴィクトリアの若きCEOで、アスティーラの元王族です。逃したくないと思うと、誰でも必死になるもんです」

羨にはぴんとこないが、ジョシュが経験してきたなら、そういうSubのほうが多いのだろう。

ジョシュは照れたようにかるく咳払いし、「話が逸れました」とハンドルを握り直した。

「うっかり自分の話をしてしまいました。僕が知る限り、ライハーン様の中で羨さんは今までにないような存在になっている、ということをお伝えしたかったんです。ライハーン様はああ言ってましたが、きっと羨さんのおばあ様にも会いたいんですよ。あなたの家族にも、生涯を共にするパートナーとして認めてほしいんじゃないでしょうか」

ありえそうだ、と思って、顔が熱くなった。

「生涯を共にするって、先走りすぎだ」

「でもさっき、プロポーズしたいって言われてたじゃないですか」

やっぱり聞かれていた、と首まで赤くなり、羨は小声で呟いた。

「困る。俺はずっとひとりで生きていくつもりだったし、急にパートナーとか言われても……だいたい、ライハーンとだって知り合ったばっかりだ」

「恋は時間じゃないとは言いますけどね」

「——直感でわかるとか、俺は信じてないよ。どうせライハーンがほしいのはパーフェクト・ハーフだし」

いるわけないのに、とつけ加えると、ジョシュもしみじみした様子で頷いた。

「あれ、厄介ですよねえ。いっそのこと、獣形から人間に戻れたらパーフェクト・ハーフとか、出会うとお互いに糸でつながっちゃうとか、誰にでもわかる証拠があればいいでしょうにね」

「証拠なんかあるわけない。あんなの、Ｄｏｍの都合のいい言い訳なんだから」

「言い訳かどうかはともかく、見てわかる証拠があれば誰も不幸にならないのにな、と僕は思いますよ。羨さんだって思いきれるかもしれないじゃないですか」

あったら困る、と羨は俯いた。そんな鎖みたいなものはいらない。

「ですが、明確な基準がない以上は、結局Ｄｏｍにも、相手になったＳｕｂの人にも、拠《よ》り所は自分たちの心しかないわけですよね。そう考えると、普通の恋愛と同じです」

「――普通の恋愛と同じなら、俺は余計に好かれる要素ないと思うけど。なんにも特別じゃないし、取り柄もない」

「そうですねえ。僕から見た羨さんは、いい方だとは思うし、好きになる人がいてもおかしくないとは思いますけど、すごく特別に見えるかといったら、普通だと思います」

褒めるともけなすともつかないことをのんびり言って、ジョシュはハンドルをきる。左に車線変更すると、軽トラックがスピードを上げて追い越していった。

「でも、だからこそ、ライハーン様にとっては特別だとしても不思議じゃないでしょう？　どうしてその人を好きになってしまうかって、はたからはわからないことだってありますからね。身体の相性か、あるいは前世の記憶や運命か――なぜかはわからないけど、惹かれる。この人じゃなければばって思うことは、ニュートラルにだってあります。だから僕は、羨さんも同じように考えてみたらどうかなと、思っているんです」

「同じように、って？」

「もしライハーン様がＤｏｍじゃなかったら、反発せずに好感が持てたりしませんか？」

「……そういう前提って、意味ないと思う」

「そうですか？　僕から見た羨さんは、すでにだいぶライハーン様のことが嫌いじゃなくなっている様子ですよ。あんなにＤｏｍは嫌いだってぴりぴりしてたのに」

「ど、どこがだよ。べつに全然、好きとかじゃない」

ちらっと視線を向けられ、慌てて窓の外を見たけれど、耳まで赤くなってしまったのは自覚できた。ジョシュは声をたてて笑った。

「恥ずかしがることはないでしょう。優しくしてくれて嬉しいですよ。このあいだ作ってくれたムサカ、ライハーン様のためにって考えてくれたんでしょう？」

ムサカは中東の広い地域で食べられている料理だ。たまには故郷の味がいいだろうと、レシピを検索して作った。

「……あれは、べつに、深い意味があるわけじゃなくて、どうせ食事を作るなら喜んで食べてもらえるほうがいいってだけで……」

「それってつまり、少しは好意がある、ということですよね？」

遮って言われ、羨はぎゅっと唇を噛んだ。

――彼の、言うとおりだ。もうライハーンはただの仕事の相手ではなく、大嫌いでいっそ憎んでいるＤｏｍでもない。

助けてくれて、優しくて、羨の知っているＤｏｍとは全然違っている。羨を大切なもののように扱って、「慈しむ」と言ってくれた。いやがることはしないと約束して、本当の恋人みたいに甘やかして。その上、彼自身が幸福を感じていることまでが伝わってくるのだ。嘘のないあの感情のあたたかさが、言葉や態度以上に羨を包み込んでくれる。

誰にもされたことのない宝物扱いが、心地よくないわけがなかった。彼なら自分を傷つけないと信じかけていて——人間としては、嫌いじゃない。彼に望まれれば断る気になれず、「契約してもいい」なんて答えてしまうくらいには。

「けど、嫌いじゃないから好きってことには、なんないだろ。俺はただ、ライハーンならほかのやつよりマシだから、楽ができるって思ってるだけだ」

こういうのは恋じゃない、と羨は思う。もちろん恋なんてしたことはないが、そういう意味で好きになったなら、利害を抜きにしても一緒にいたいと思ったり、プロポーズしたいと言われたらこの上なく幸せな気持ちになったりするものだろう。

「俺のは……得するからってだけの、気持ちだから」

「なるほど」

前を見たまま、ジョシュはちょっとだけおかしそうに笑った。それから、「だったらなおさらですね」と続ける。

「ライハーン様とSubの方の関係には、普段は応援も反対もしない立場でいることにしてるけど、今回は応援して差し上げようかなって思ったんです。今の羨さんの気持ちを聞いたら、なんだかもっと応援したくなりました」

「なんでだよ」

「ゆっくりでもいいと思いますよ」

羨をはぐらかすように、ジョシュは口元に笑みを浮かべたままだった。

「人間として嫌いじゃないなら、これからライハーン様とどうなりたいか、ゆっくり考えてみてもらえますか？　ライハーン様も、結論を今すぐ出してほしいわけじゃないはずです。あの人だって本来は、大切な決断には時間をかけたいほうなんですからね。それでもプロポーズなんて言い出したのはきっと、真剣に考えてほしいからだと思います」

「――」

「なので、ぜひシリオン様にも会ってみてください。ご兄弟を知ることもライハーン様のことをよく知るきっかけになりますし、羨さんさえよければ、おばあ様とライハーン様を会わせてみるのもいいと思いますよ」

そう言うと、ジョシュはかるく羨の肩に触れた。

「もし会わせたくなくても、おばあ様には会いに行ってくださいね。悲しいことですけど、会いたいと思って会える時間が、いつまでも続くわけじゃありませんから」

励ますような手つきに、羨は彼を見た。青い目が羨を見つめ返して、口元が寂しそうに微笑んだ。

「ライハーン様がああやってすすめるのは、和香さんと別れの挨拶もできなかったのを悔やんでいるからなのは、羨さんもわかってると思います。訃報を受け取ったときは、心配になるくらい落ち込んでいたんですよ」

「……そんなに？」

「和香さんはライハーン様にとって、一番愛するご家族ですから。嫌われていると思っていても手紙を送らずにはいられないくらい、心の支えになっていた人です」

脳裏にライハーンの顔が浮かんだ。手紙の入った缶を手に、取っておいてくれただけでも嬉しいと言っていたライハーン。

二十年間も一方通行の手紙を送り続けた心境を思うと、寂しさがわかる気がして胸が痛む。完璧で、なに不自由のない立場の恵まれた男に見えても、孤独だと感じる日もあったのだろう。

（そういえば、寂しいって言ってたよな）

羨までいなくなったら寂しいと言われて呆れたけれど、あれはライハーンの、偽らない本音だったのだろうか。寂しさをよく知っているからこそ、羨にもあそこまで優しくできるのかもしれなかった。

「――祖母には、会ってきます」

口に出して言ってから、行ってみよう、と羨は決めた。ライハーンも、祖母には会わせないにしても、一緒に行ってもらおう。ライハーンとさっき約束した期間はまだあるのだから、そのあいだはジョシュが言うとおり、考える時間にしても悪くない。

そう決めると、ふうっと身体が楽になるような感覚があって、羨は一度深呼吸した。

「あの……ありがとうございます。いろいろ」

「いえいえ、お気になさらず。でも、僕がお節介を焼いていろいろお話ししたことは、ライハーン様には内緒にしてくださいね」

「わかりました」

羨は外の景色を眺めた。スーパーのあるショッピングモールまではもうすぐだ。ジョシュはひき肉が好きだから、今夜はドルマを作ってみよう。きっとライハーンも喜んでくれる。早く戻ってライオンの顔を見たい気がして、羨はそっと唇をいじった。


明日は祖母に会いにいくという日の夜、風呂から上がると、ライハーンが声をかけてきた。

「手伝ってもらってもいいかな」

二階の寝室の前だ。眼差しのかすかな違いでプレイがしたいのだとわかって、胃のあたりが熱を持った。日中、羨が鬱陶《うっとう》しがるくらいのスキンシップは相変わらず続いているけれど、こんなふうに迫られるのは久しぶりで、妙に気恥ずかしい。思わず後ろに一歩下がると、引きとめるように片手が背中に回った。

「……っ」

服越しのぬくもりで浅く息が乱れる。身体を近づけたライハーンはこめかみから、羨の髪をかき上げるように梳いた。

「明日、もしかしたらおれも羨のおばあ様と顔をあわせるかもしれないだろう？　いきなりライオン頭が訪ねてきたらびっくりするかもしれないから、人間になっておきたいんだ」

「会うのは俺だけって言ったじゃん……」

逃げたくて身をよじると、ゆるやかに目眩がした。昨日あたりから、少し体調が悪くなってきていた。東京のホテルでプレイしてからもう三週間以上経つ。そのあいだなにもなかったので、身体が飢えてきているのだ。でも、「いいよ」と言ったら、待ち侘《わ》びていたみたいに聞こえないだろうか。パートナーとして契約を結んだとはいえ、簡単に発情したら、みっともなく思われないだろうか。

返事を迷うと、あたたかいグレアが包み込んでくる。

「念のためだよ。準備しておいて悪いことはないだろう？」

「っ……ずるい、よ。グレア……、……ぁっ」

肌を撫でるようなグレアの感触に、たちまち性器が張りつめていく。隠したくて膝をすりあわせると、ライハーンは指先で、いつもするように耳の裏に触れた。

「セーフワードを使う？」

「――っ、ぅ、」

言えなかった。撫でられた場所が痺れて熱い。自覚してしまった飢えは耐えがたく、もっと触れてほしくて震えが湧き起こる。なにも言えないまま力だけが抜け、崩れ落ちそうになるとライハーンが抱きとめてくれた。

「ありがとう、羨」

鼓膜を慰撫するように甘い声で、人間の顔になりたいというのは半分は口実なのだろう、とわかった。羨の体調のためのプレイを断らせないのが目的で、残りの半分は本当に祖母を脅かしたくないと思っている。セーフワードを使わなかった羨の態度に、鼻歌でも歌い出しそうなほど喜んでいて、支えながら寝室に入り、ベッド脇までたどり着くと、ぐっと色気が増した。

それとも、自分の期待が増したのか。照明を暗く絞った中でも目立つライハーンの紅い瞳と見つめあうと、感じている興奮や快楽の予感が、自分のものか相手のものかがよくわからなくなった。喉が渇く。身体のあちこちで肌がけば立ち、ライハーンが身じろいだだけで下腹部が濡れる錯覚がした。

頬を撫でたライハーンが、囁くようにコマンドを出した。

「ＳＴＲＩＰ」

「あ……っ、」

喉を反らせて喘ぎ、考えるより早くＴシャツの裾に手をかける。コマンドに従うだけでも、自分から脱ぐのはプレイを喜んでいる証のようで、恥ずかしさで心臓がずきずきした。でも、ライハーンは羨に求めてほしいのだ。ジーンズのウエストのボタンを外し、荒い呼吸をこぼしながら下ろす。下着は一息には脱げずに躊躇すると、「羨」と優しく呼ばれた。

「おれがやろうか？」

「……っ、で、……でき、る」

くたくたと骨が萎《な》えていくようだ。うまく動かない指で下着を掴み、脚から抜き取ってしまうと、性器の先端はもうぬめっていた。そこを見つめ、視線をあわせ、ライハーンが微笑む。

「いい子だね、羨」

「――――っ！」

びゅく、と射精してしまいながら、羨は倒れ込んだ。弾けるような強い放出の感覚と、頭が真っ白になる圧倒的な快感で、身体が不規則に跳ねる。抱きとめられ、ベッドに仰向けに横たえられても、腰がいつまでもひくついた。

「や……っ、と、まん、な……、ぁ……っ」

気持ちよすぎて、変になりそうだ。

「少し間隔があいたから、余計に気持ちよかったんだろう。脱ぐのも、気に入ってくれたみたいで嬉しいよ」

ライハーンは宥めるように耳裏を撫でた。唇を吸われ、それだけでも下腹部がきゅんと疼く。

ねだるように腰を突き出してしまうと、ライハーンが指を絡めてくれた。

「先にもう一度出そうか。――LOOK」

「あっ……、ぁ、……あ、あっ」

至近距離で見つめてくるライハーンの目を操られたように見返し、羨は声を上ずらせた。握られた性器はひりひりして、ほんの少しこすられただけでかたちを変えるのが、自分でもよくわかった。熱くて、ぐしょぐしょに濡れている。込み上げてくるのは射精感というより排尿のときの感覚に似ていて、尻がびくびくした。

「っ、ん、……ぅ、……ん、くっ」

「我慢してはだめだよ。もう達きそうなんだろう？」

「でも……っ、は、……ん、……っ、ぅっ」

くびれをいじった指先が、裏筋から鈴口へと撫で上げる。小さな孔をとんとんとタップされ、羨は唇を噛み、耐えきれずに背をしならせた。

「……っ、は、……っぁ、……っ！」

ぬるい体液がライハーンの手を濡らす。まとわりつく粘液の感覚が自分で浴びたように感じられ、絶頂の快感と羞恥とまじりあう。羨は思わず目を閉じた。

「なんか……、いつも、より、」

これまでより、感覚が研ぎ澄まされているみたいだ。唇を吸われると溶けあう錯覚と甘い味がして、背筋からうなじまでぞくぞくした。

「おれとのプレイに慣れたんだよ。安心して身を委ねられるから、より快楽を感じるんだ」

ライハーンは羨の首から鎖骨へと、愛しむように撫でた。

「今日は胸も可愛がってあげよう。ここで得られる快感も、覚えるとたまらないよ」

「でも、あんまり好きじゃ、……つぁ、あっ」

乳首をいじられたことはあるが、痛くてつらいばかりだった。だが、ライハーンの指が掠めると、びくんと腹が波うって、羨は目を見ひらいた。ささやかな突起が、余韻で痺れている。

「ほらね。気持ちいいだろう？　乳首だけじゃなくて、胸筋の周りや腋《わき》から胃のあたりを通るこのラインも気持ちいいよ」

「ふ……つぁ、……っ」

すうっと指で腋から撫でられると、くすぐったさと、そわそわするような弱い快感があった。胸筋の周囲を優しいタッチで触れ、指の腹を使って乳首へと撫で上げられると、つきんとするほど突起が痛む。

「い……つん、ぁ、……あっ」

痛いのに、つままれると身体がくねる。指を立てて円を描くように胸の周囲から攻められ、下腹の奥が疼いて体温が上がって息が乱れる。

「つうそ……、あ、……あ、っ、あ、あっ」

「ああ、また達きたくなったね？　いいよ、出してごらん」

「や……っ、あ、……ぁ、ん、……ふ、ぅ……っ」

　また張りつめてしまった性器もせつないが、熱くなっているのはそこだけではなかった。脚のあいだ――窄まりまでが、腫《は》れぼったく感じる。息遣いにあわせてひくついていて、襞がゆるんだり窄まったりすると、むずがゆくてつらかった。

　身をよじり、腰を突き出し、どうにか耐えようと呻いて、羨は泣きたくなった。くすぐったかったはずの胸はじんじんして、乳首に触られたくてたまらない。呼応するように後孔はもどかしさが増すばかりだ。鈴口からは先走りが垂れ、耐えきれずにライハーンの腕を掴んだ。

「っ、ライ……っ」

「我慢できなくなった？」

　ライハーンはうっとりと目を細めた。

「お尻が疼くんだね。腹が熱くて、かき回してほしくなってる」

「……っ、ぅ、」

　かあっと全身が燃えた。はっきりと指摘されて恥ずかしいのに、ライハーンが相手では否定しても意味がないのだ。羨が感じるもどかしさも、快感も、余さず伝わっているから。

「準備してあげよう。――KISS、羨」

　前髪をかき上げて命じられ、羨は紅い目と見つめあったまま、ライハーンの首に腕を回した。

ライオンの鼻先にキスしてから、ためらいがちに唇も啄む。人間とは違う弾力が今さら、妙に生々しく感じて、二度キスすると涙がにじんだ。

ひとつひとつが、おかしくなるくらいに気持ちいい。もっとキスしたい。もっと触れてほしい。もっと命令して、動けないほど強くグレアを浴びせてほしい。溺れて、なにも考えられなくなるまで。

「CALL ME、羨。大丈夫だから」

そうっと包むような声で言い、ライハーンが羨の両脚を押しひらく。ああ、とため息まじりの声が漏れ、羨は身悶《みもだ》えた。

「ライハーン……っ、見、ないで……っ」

「孔がゆるんでいるのを見られたくない？　可愛いのに」

「だって、……ッぁ、あ、……ぁ、あっ」

指先で窄まりを撫でられるだけでも、奥がねっとりと蠢いた。ライハーンはジェルをたっぷりつけて、指を入れてくれた。

「ん……っぁ、あっ、ライ、……っん」

「浅いところはもの足りない？　前立腺を揉んでみようか」

一本だけの指はもどかしいほど丁寧に、入口近くを撫でてくる。腹がびくつくほど快感があるのに足りなくて、羨は無意識のうちに尻を浮かせた。

「つな、……んでも、い……、からっ、もっと、……っ」

「おねだりしてくれるの？　いい子だね、羨」

慰撫するように甘い声で言いながら、ライハーンが指を増やす。

「前立腺はやめておこう。せっかく欲しがってくれるなら、つながってから達ってほしいからね。慣らすのに協力できる？　お尻の孔をぱっくり開ける気持ちで、腹からゆるめて」

そんなの、やったことはないしできる気もしない。それでも羨は言われたとおり、腹から力を抜いた。呑み込んだライハーンの指を締めつけないようにと意識すると、彼の目がぐっと暗さを増した。

「ああ、すごく上手だ。きみは心も身体も優しいね」

「ふ……つぁ、……っ、ん、……は……ぁッ」

ぐち、ぐち、とゆっくり抜き差しされ、異物感と排泄《はいせつ》感がまじりあう。大量のジェルがふちからこぼれ、垂れていくのがぞくぞくする。震えて締めつけてしまいそうになってはゆるめようと息を吐き、そうしているうちに絶頂の予感が高まってきた。

「つぁ、……ライ……っ、い、……いくっ、も……、いっちゃ、ぁっ」

「そうだね、いっぱい気持ちよくなったね。もうつながろうか。一緒に達こう」

たてがみを揺らして羨の膝に口づけ、ライハーンは指を抜いた。かわりに己のものを握り、しごいたそれを窄まりにあてがう。弾力と硬さをそなえた肉塊が襞をいっぱいに広げ、ぬうっと入り込んだ。

「――ッ、………………っ！」

こらえようと枕を摑んだが、勢いよく精液が飛び散った。頭の芯が痺れ、ひくつきながら何度も放出してしまう。浅く入ったライハーンのものを食いしめながら、羨は掠れた声を絞り出した。

「ご、め……っ、ぁ、……っ」

「いいよ、羨。我慢できないほど気持ちいいなんて、幸せだ」

べっとり濡れた腹を撫で、ライハーンは目を細めて指についた白濁を舐めた。塩気と苦味と、わずかな甘味が口の中に広がった気がして、どっと唾液が湧く。しどけなくひらいた唇の端を濡らし、羨はぼうっとライハーンを見上げた。

味覚まで、こんなふうにわけあえるなんて。

「羨の精液はとてもおいしいよ。きみも感じられた？」

「……、う、ん」

「おれも、きみが共鳴できるのを嬉しく思ってくれてるのがわかるよ。それに、すごくえっちな気分なんだね。お尻がじんじんして、身体中熱くて――見つめあうと蕩けそうだろう？」

「……っ、言うな、よ……っん、んっ」

なめらかに雄が入ってくる。熱い。ライハーンの分身の圧倒的な質量と熱、彼が感じる自分の粘膜の熱だ。腰が抜けそうな快楽にびくびくと身体が震え、また気が遠くなった。

「ん……——っ！」

「すごいな、また達ったね。今度はドライだ——嬉しいな」

奥の行き止まりまで己を進め、ライハーンは幸福そうに見下ろした。

「LOOK、羨。達った顔をよく見せて」

「あ……、……ぁ、」

焦点のあわない目でライハーンを見つめ返し、羨は喘いだ。頭が痺れたまま戻らない。意識に霞《かすみ》がかかったようで、なのに快感だけが鮮烈だった。

（……こんなに、気持ちよくなれるんだ……）

熱くて、甘くて。占領される重たさが嬉しくて、見つめられれば喜びが溢れていく。視線を通して、言葉にならない思いが絡みあうのが見えるようだった。もっとだよ、と囁かれた気がして、指先から溶けていきそうに感じる。

見つめあったまま、ライハーンが両手を胸に添えた。円を描くように周囲を撫でられ、ぞくぞくとした気持ちよさと同時にきゅうんと下腹が竦む。

「つぁ、……あ、それ……っ、あ、あッ」

「さっきより感じてるね。中におれを受け入れているから、敏感なんだ。我慢しないで達ってごらん？」

「でも、……っぁ、……あ、あぁッ」

ライハーンはほとんど動いていない。切っ先は奥壁に押し当てられているだけで、けれど促すようにじわじわ胸を愛撫されれば、勝手に腰が跳ねた。

「っあ、……っあ、……ッあ、アッ」

自分で尻を振ってライハーンの雄に吸いつくと、またたくまに頭が真っ白になった。仰け反って射精せずに達し、羨は呆然とした。

こんな達し方はしたことがない。射精しないなんて変だと思うのに、出さないほうが圧倒的に快感が強い。

「不安にならなくてもいいんだよ、羨。ドライオーガズムは、Ｓｕｂの正常な反応だ」

やんわりと乳首をつまみ、ライハーンはかるく腰を使った。わずかな動きでもずんと衝撃が駆け抜け、おかしいほど痙攣して、羨は再び達った。

「っ、は、……ふ、ぁ……っ、あ、……あ……っ」

「射精するよりドライの回数が多いのは、Ｄｏｍのコマンドに上手に従えて、相手にすべてを委ねた証拠なんだ。――わかる？」

ずく、と奥壁が突かれて歪む。痛みさえともなってびりびりと肌が痺れ、息もできずに達しながら、羨はライハーンの声を聞いた。

「挿入されて、こんなふうにピストンされて」

「……ぁっ、あ、ぁ……っ！」

「羨は今、おれに全部を預けてくれてるんだ」

「────ッ！」

達すると腹の中が崩れていくようだ。ぬかるんでしまった中でライハーンの分身だけがくっきりと硬く、食いしめると安堵と充足感でぼうっとなる。連続で達したせいで顔はみっともなくゆるみきり、よだれも涙も出ていたけれど、紅い目に見つめられれば、こんなになっていること自体が嬉しく思えた。

（……ライハーン）

泣きたいときみたいに目頭が熱くて、ふいに、会えてよかった、と思った。なくしたきりだったものを見つけたみたいに、胸がいっぱいになる気持ち。いつになく素直な、震えるような喜びをともなう安堵。

そう感じることに不安や違和感、ためらいはなかった。きっと半分はライハーンの思いだから、なにを感じてもおかしくはないのだ。だからいい。

嬉しくて、幸せで、安心してもいい。

「可愛いね、羨」

目を細め、ライハーンが頬を撫でた。ＬＯＯＫ、と密やかな声が命じる。もう見つめあっているけれど、羨は高まる気持ちを込めるように、じいっと見つめ返した。深い色の瞳の中に、自分が混じっていくようだ。大きな手が優しく胸を覆い、ぞくぞくしてしまう周囲を撫で上げる。

「CUM《達って》」

「――ぁ、あ、ああ……――ッ！」

高く舞い上がり落ちていく錯覚がした。意識も肉体もばらばらにほどけて四散するような衝撃に遅れて、感じたことのない、歓喜とせつなさが襲った。嬉しすぎて悲しい。満たしてもらって初めてわかる。これまでがどれほど、孤独だったか。どれほど苦しかったか。

（ライハーン……俺、――俺）

本当はずっと抱きしめてほしかった。いい子だねと褒められて、大丈夫だよとあやして。認めて、包んで、愛してほしかった。誰にも言えない願い。口にしても、叶えられないと知っていた願い。

（……これ、どっちの、なんだろう）

自分の感情のようにも、ライハーンのもののようにも感じる。けれどもう、どちらでもよかった。

羨、と掠れた甘い声で呼びながら、ライハーンも極める。たっぷりと中に放出されて弛緩《しかん》し、叶えてやりたいとぼんやり思った。

ライハーンが望むなら、彼が幸福を感じられるあいだは、そばにいてもいい。羨がライハーンに与えられるものがあるとすれば、この身体だけだから。

(——俺で寂しいのが埋められるなら、使っていいよ)

あんたになら、渡してもかまわない。

言葉にはしないかわり、羨はそっとライハーンを抱きしめ返した。


十月二度目の水曜日。和香の家よりも北に位置する祖母の故郷は、すでに秋の肌寒さだった。案内してくれた住職に礼を言い、羨は持ってきた花を活けた。墓参りの作法など知らないから、ネットで調べてきたのだが、埃をかぶった墓石は、書かれていた手順どおりに水をかけて拭うと黒々と光り、それが喜んでいるように見えて、ほっとした気分になった。

線香に火をつけて手をあわせると、横のライハーンも神妙な顔で倣《なら》った。ライオンでも表情はよくわかるが、人間だといっそう、彼が厳粛な気持ちなのが見てとれる。じっと拝んだライハーンは、羨が見ているのに気づくと、肩に手を回してきた。

「残念だったね」

「——うん」

祖母は亡くなっていた。

記憶していた施設に電話をかけると、そういう名前の方は入所していませんと言われ、最初は困惑してしまった。羨が知らないうちに別のところに移ったのかと思ったが、「とりあえず行ってみよう」とライハーンに励まされ、訪ねていくと、孫だと知った職員が、一年半ほど前に亡くなったと教えてくれたのだった。

祖母の家系が代々眠る寺は覚えていたから、きっとここだろうと思ったとおり、母たちが納骨をすませたと住職が教えてくれた。自分に知らせがなかったのは当然だと羨は思う。仕方がないことだけれど、それでもやはり、寂しさはあった。

「会えたら、ごめんなさいって言いたかったけど……結局言えないままになっちゃった」

「気持ちはきっと届いているよ」

肩をさすり、ライハーンは髪にキスしてくる。誰もいないのをいいことに、羨は少しだけ身体を寄せた。

「せっかくライハーンも人間の顔なのに、意味なかったね」

「施設の人にもご住職にも驚かれずにすんだよ。それに、天国から見ているおばあ様も怖い思いをしてないはずだ。——この調子だと、明日の朝になっても人間のままでいられそうだ」

最長記録だな、などと言いながら顎を撫でるライハーンは嬉しげで、羨は意外に思って見つめた。

「人間の顔のほうがいいんだ？」

ライオン頭でもライハーンは堂々としているし、Ｄｏｍだと知られて損することはないはずだ。たいていのＤｏｍは自分のボディタイプを誇示するように、耳を目立たせている。

「ライオンの頭も今は嫌いじゃないが、Ｄｏｍになりたくてなったわけじゃないからね。せめてほかのＤｏｍみたいに耳だけがよかったって、最初は落ち込んだよ。初対面では必ずぎょっとされるし、めったにいないから、どこに行ってもすぐにおれだとバレてしまう」

「そういえば、あのスポーツ選手もライハーンのこと知ってたね」

元王族で世界的企業のＣＥＯで、珍しいライオンの頭部のＤｏｍとなれば、目立って注目されても当然だ。そういうのも大変なんだろうな、と思って、羨は控えめに彼の指を握った。

「でも俺、ライオンの顔もけっこう好き」

「――そうか」

くしゃっと、本当に嬉しそうにライハーンが笑った。

「じゃあ、ライオンに戻ったらキスしてくれ」

「……気が向いたらね」

「今は気が向かない？」

「ライオンじゃないだろ」

「人間のおれは嫌い？」

目が悪戯《いたずら》っぽく輝いている。羨は一応周囲を見回し、相変わらず無人なのを確認してから踵を上げた。唇に――は恥ずかしくて、口の端を掠めるようにすばやく押しつけ、くるりと背を向けた。

「これでいいだろ。帰ろう」

「羨」

「なんだよ。二回はしないからな」

「羨、こっちを向いて」

「……やだ」

「耳が林檎《りんご》みたいに赤いから、抱きしめてキスしたいんだ」

「つだから、もうしないってば」

赤いのなんか言われなくてもわかってる。睨むつもりで振り返り、即座に抱きしめられて、羨はもがきかけ、結局、ライハーンの胸に顔を埋めた。浮かれたカップルみたいでむずむずする。全然嬉しくない、と負け惜しみのように思いながら、それでも言わずにはいられなかった。

「――やっぱり、一緒に来てもらってよかった」

広く頼り甲斐のある背中に手を回し、服越しのあたたかい体温に息をつく。ライハーンの体温が好きだ。どうして今までこれなしで生きてこれたのだろう、と疑問に思うくらい、しっくりと羨に馴染む。

馴染む、と感じている自分がこれまでとは違う生き物みたいで変な気分だけれど、強がって

いやがる気にはなれなかった。

こんなに穏やかで満ち足りた気分になれるのは、いつ以来だろう。祖母の死はショックなのに、悲しい、寂しい、と思うことさえ苦しくない。

「俺、ずっとひとりで生きていくつもりだったんだ。Ｄｏｍはもちろん、誰にも頼りたくなくて……だから、なんでもひとりでやるのが当たり前だと思ってた。仕事探すとか、住む場所を探すとか、風邪ひいたときとか——やりたくないこととかも、全部」

「うん。わかるよ」

穏やかな相槌《あいづち》が返ってくる。それに励まされて、羨はため息をついた。

「でも実際は、やりたくないことからは逃げて、見ないふりしてた。おばあちゃんに会っても、喜ばれないのはわかってたから……謝らなきゃと思ってても、なかなか来れなかったんだ。そのせいで、もう会えないんだよね。だから今日、もしひとりだったらきっと、なんでもっと早く連絡しておかなかったんだろうとか、悔しくて——悲しくて、しんどかったと思う」

「これからは、きみをひとりにしたりしないよ」

包むように後頭部を撫でて、ライハーンが囁いた。心臓が甘く疼く。さらりと当然のように「これから」などと言われたのに、感じるのは反発よりも嬉しさだった。望まれている、という喜びと、彼の希望に応えたい気持ちが絡みあって湧いてくる。

(……なんでライハーンだと、こうなっちゃうのかな)

自分が尽くしたいタイプだなんて、考えたこともなかった。けれど、少しでも羨が受け入れるとライハーンが喜ぶのは、誇らしいような安堵をもたらした。

できることなら、ずっとこうしていたい。

抱きしめられて、なめらかであたたかい声を聞いていたい。

「——おばあちゃんも、最期がひとりじゃないとよかったのに」

「きっと周囲の人が、大切にしてくれていたよ。……羨はおばあ様のことが好きだったんだね」

「好き……ってわけじゃ、なかったと思う。小さいころは優しくて好きだったけど、一緒に暮らすようになってからはいっつも困ってて。口癖も『困ったねえ』なんだ。ずっと独り言で繰り返してて……ごめんって、言いたかった。許してもらえなくても、言えばよかった」

「後悔するなら、好きだったってことだよ。きみはとても優しい人だ」

ちゅ、ちゅ、と穏やかなキスを頭にして、ライハーンはもう一度ぎゅっと抱きしめてくれた。

「ジョシュにお土産を買って帰ろうか。和香さんや、羨のおばあ様が好きなケーキにしよう」

「そうだね。おばあちゃん栗が好きだったから、ちょうどいい季節だ」

ちょっと泣きそうになったのをしがみついてやり過ごし、顔を上げたときには自然と笑えた。

風が少し冷たいのが、ライハーンといると心地よい。

羨はぴかぴかの墓に顔を向け、心の中で「またね」と挨拶して、ライハーンに求められるまま、ぎこちなく手をつないだ。

和香の家に戻ってきたのはすでに暗くなった午後七時ごろだった。

車から降りるより先に玄関が開き、人が出てきて、羨は首をかしげた。暗くてよく見えないが、ジョシュではない。運転席のライハーンがすっと表情を消し、エンジンをとめた。

(――誰だろう。ライハーンが会いたくない人？)

不安に思いながら、ケーキの箱を手に、ライハーンとあわせて車を降りる。玄関から出てきた若い男は笑顔だったが、人間の顔のライハーンを見ると、瞬間、怒りとも憎しみともつかない壮絶な表情を浮かべた。

「エドメ。どうしてここにいるんだ？」

ライハーンがそう呼びかけて、どこかで聞いた名前だと羨は思う。家の中からジョシュも出てきて、心配そうに近づいてきた。

「すみません。お帰りくださいと言ったんですが、どうしてもライハーン様に会いたいと」

エドメと呼ばれたのは二十代前半の青年だった。背が高く、ほっそりと美しい身体つきで、つややかな黒髪とヘイゼルカラーの瞳が、アンニュイでやわらかな美貌を引き立てていた。Subだ、とわかって思い出した。たしか、アメリカのライハーンの自宅に入ろうとしたと、ジヨシュが言っていた人物だ。

近くで見ると、肌も爪も綺麗に手入れされ、薄く化粧もしていた。真っ白のシャツがよく似合い、肩からかけたごく小さいハンドバッグは、ハイブランドのロゴが入っている。人目を引かずにはいられない美しさはいかにもＳｕｂらしいが、彼は想像よりもずっと堂々としていた。誰かが中傷しようものなら、視線ひとつで相手を萎縮させそうな迫力がある。

不機嫌そのものの顔をしていたエドメは英語で悪態をつくと、一転してにっこりした。

「会社の人に聞いたんだよ。一回プレイしてあげたら全部教えてくれたの。ライハーンに会いたくって」

ネイティブではないとすぐわかるイントネーションだが、十分に上手な日本語で言い、甘える仕草でライハーンの腕に抱きつき、頬をすり寄せる。

「ライハーン、人間の顔になってもすっごく素敵。今夜は僕とプレイして？」

「きみとはもうプレイしないと、以前にも言ったはずだ」

ライハーンは抱きついたエドメを押し退けた。ああん、と声を上げ、エドメは痛そうに顔をしかめる。

「ひどいよ。まだ怒ってるの？　僕、ライハーンにお仕置きしてほしいだけなのに」

そこで初めて、彼は羨のほうをちらりと見た。

「めったにしてくれないけど、ライハーンのお仕置きが一番気持ちいいんだもの」

得意そうな笑みは、おまえはされたことないだろう、とでも言いたげで、羨はライハーンを盗み見た。胸がざわつくのは不安のせいだ。ライハーンが彼らしくもなく、苛立っているのが伝わってきていた。

「コマンドに従わないときはお仕置きしなければいけないこともあるけど、私は基本的にやらないよ。何度も伝えただろう。それに、きみがやったことは、コマンド以前の問題だ。人と人の信頼関係を損ねることだよ」

一人称がよそよそしいことに気づいて、羨のほうがいたたまれなくなってくる。けれどエドメは、ライハーンのため息に気づいているだろうに、おかまいなしに彼の腕に触れた。しがみつかないかわり、媚《こ》びるように指を絡めようとする。

「だから、怒るんだったらお仕置きしてって言ってるの。僕、お仕置きされるの上手だよ。絶対ライハーンも満足するから、ね？　お仕置きしてくれたら、もうしない。ほかのＤｏｍとあてつけにプレイしたりしないから、いいでしょう？」

「――」

「それに、怒るってことは、僕を独占しておきたかったんだよね？　僕、首輪つけてもいいよ」

あそこのがいいな、とエドメは羨でさえ知っている高級ブランドの名前を出した。ライハーンは彼の手を振り払い、さっきよりもはっきりとため息をついた。

「だめだ。きみとはもう、終わったんだ」

きっぱりとした口調に、エドメが笑みを消し、泣き出しそうな顔になった。No,please, と震えた声を出し、ライハーンにすがりつく。

「ごめんなさい……許して。ライハーンに捨てられてから五人試してみたけど、あなたが一番いいんだ。あなたとじゃないと具合が悪くなっちゃう」

「そうは見えないな」

羨がひやりとするほど、ライハーンは冷たかった。エドメの肩を摑んで自分から離し、淡々と見下ろす。

「きみが私に尽くしたがるのは、パートナーでいれば贅沢ができるからだ。わかっていても、愛しあえば変わるかもしれない、私も満足できるかもしれないと思っていたから、三か月契約を続けたが、お互いにベストな相手ではなかった。それはきみだって納得しただろう？」

「でも僕はあなたのこと好き。ほんとだよ。ライハーンだって、可愛いって言ってくれたじゃない」

「可愛く思ってあげたいとは考えていたけど、きみの行いでその気持ちはなくなったよ」

「ひどいこと言わないで。これからもっとちゃんとするから。ね、アスティーラにも連れてってよ。お兄さんたちに会いたいな。僕ならきっと気に入ってもらえるよ。お願いだから」

エドメは必死にライハーンにすがろうとする。笑みを浮かべて膝をつこうとするのを、ライハーンは「やめなさい」ととめた。

「きみを王宮には入れられない。どうしてもというなら手切金はもう一度払うが、これ以上つきまとえば法的手段を取る」

ライハーンが振り返った。紅い目が羨を捉え、おいで、と呼ばれて、羨はエドメを気にしながら近づいた。腰を抱かれるのを眉をつり上げて眺めたエドメは、羨が脇を通り過ぎると、刺《とげ》刺《とげ》しく吐き捨てた。

「そんな貧相なＳｕｂなんか使ってるの？　全然ライハーンには似合わないよ」

思わず足をとめてしまった羨を気遣わしげに見て、ライハーンは振り返った。

「きみに心配してもらわなくても、自分の相手は自分で決められる。誰を愛しいと思うかは私の自由だよ」

「僕にしとけばいいのに。どうせそんなやつ、すぐ飽きちゃうよ」

「見てわからないか？」

抱きしめられて聞いていても、冷淡なライハーンの声は少し怖かった。

「この子は私にとって特別なんだ。きみとプレイしても、一度も人間の顔になったりはしなかった。でも羨は、プレイじゃなくても私を満たしてくれる」

悔しそうにエドメが唇を噛む。それを隠すように俯いたが、すぐに顔を上げると、わざとらしいほどの笑みを浮かべた。

「へえ。パーフェクト・ハーフだって思ってるの？」

ライハーンは答えなかった。羨のほうがぴくりと震えてしまい、挑発するような表情のエドメを見つめた。羨ごときがパーフェクト・ハーフなわけがないと思っているのか、そんな存在はありえないと思っているか――どちらにしても、信じていない口ぶりだった。

エドメも羨を見る。にこっと一見邪気のない笑顔を作り、手を差し出してきた。

「すごいねえ、きみ。こんなに想われて、幸せだね。僕はエドメ・ボードリエ」

エドメが勝手に羨の手を摑もうとした途端、空気がびりっと震えた。

「触るな」

声とグレアはほとんど同時で、息がとまる。まともに食らったエドメは全身を強張らせて蒼白になった。

呆然とした彼を見ることなく、ライハーンは羨の腰を抱き直した。

「さあ、家に入ろう」

羨はうまく歩けなかった。グレアは明確にエドメに向かって放たれていたにもかかわらず、骨の芯が凍るような感覚があった。

（……ライハーンでも、あんなふうにグレアを使うことがあるんだ）

有無をいわさずＳｕｂを従わせる、強烈な力。普段が優しいだけに、そのきつさは余計に衝撃だった。

支えられて玄関から入るとすぐに戸が閉まり、外でジョシュとエドメが英語で話すのがかすかに聞こえてきて、羨はいつのまにかつめていた息を吐き出した。

「ごめんね、羨。いやな思いをさせた。グレアのせいで、きみも怖かっただろう?」

向かいあって額をくっつけ、ライハーンが悲しそうに謝った。羨は迷って、身体の脇で拳を握り、首を横に振った。

「俺は平気。——ライハーンは大丈夫?」

「大丈夫だよ。ただ、苛立ったり失望したりするのは疲れる」

「……でも、まだ人間の顔だね」

「羨がいてくれるからだ」

抱きしめながら首筋に顔を埋めてくるライハーンの背中に、ぎこちなく手を回した。怖さは残っているけれど、ライハーンが羨を傷つける気がなかったのなら、そうすべきだと思った。

ほっと彼の緊張がゆるんでいくのがわかったが、羨はどうしてか、いつものようにその感覚に同調することができなかった。好きなはずのぬくもりはたしかに感じられるのに、身体中にびりびりしたグレアの余韻がまだ残っている。それに、跪こうとしたエドメの姿を見たときの、ライハーンの眼差し。良和たちに怒りを見せたときともまた違う、無関心さと冷淡さが感じられる、あの表情。

ライハーンでさえ、自分の相手ではないと判断したＳｕｂに対しては、あそこまで冷たくなれるのだ。

不安なまま抱きしめられてじっとしていると、ドアが開いてジョシュが戻ってくる。羨たちがくっついているのには驚くそぶりも見せず、もしゃもしゃ頭を振った。

「だいぶ悪態をつかれましたが、帰ってもらいました。ちょっとあちこち連絡しときますね。この調子だと、アメリカに戻ってからもまだ絡んできそうですから」

「うん、頼む」

「あいつ、昼に来てからずーっといたんですよ。王子様きどりで、僕の淹れたコーヒーがまずいとか文句ばっかり。着てる服もバッグも、ライハーン様からせしめた手切金で買ったくせに。あんなやつ、一セントだって払ってやらなくてよかったんです」

「金で納得するなら簡単だよ。後腐れがないのが一番だ」

「後腐れないですかねえ。エドメなら二回金をもらったら三回目もねだりに来ると思いますけどね。ライハーン様が優しいからって、どう見てもつけあがってるじゃないですか」

「今後もつきまとうなら、対策はするよ」

ため息をついたライハーンは羨の背中に手をあてて、家の奥へと促しかけ、思い出したように笑顔になった。

「そうだ、土産を買ってきたんだ。三人でお茶にしよう」

「お土産ですか？」

ジョシュの視線が手元に注がれ、羨は持ったままだった箱を持ち上げた。

「ケーキ。モンブランと、栗とカシスのタルトと、洋梨とキャラメルのなんとかっていうやつ。

——コーヒー、俺が淹れます」

「いいですね。ストレスが溜まったときは甘いもの、ですよね」

ジョシュは目を輝かせて箱を受け取った。三人でキッチンへと向かい、羨はお湯を沸かした。流しにはエドメが使ったのだろうカップが残されていて、つきんと心臓が痛む。

会ったばかりで、羨は彼のことをなにも知らない。ジョシュの話を聞く限り、物欲が強くて自分勝手な人間のようだが、もしかしたら、ああやって強がるのが自衛策なのかもしれない。

だって、彼もSubなのだ。アメリカでは社会的な状況は違うかもしれないが、定期的にDomとプレイしなければならない不自由さに変わりはないだろう。そう考えると、たとえ実際に会った印象があまりいいものでなくても、「いやなやつ」と決めつける気にはなれなかった。

だからだろうか、ライハーンとジョシュの態度は少し冷たすぎる、と思ってしまう。

(——まだ、骨が痛い気がする)

お湯を沸かすかたわら、カップを洗いながら、羨はうしろのライハーンの気配を探った。ケーキ用のフォークを探して戸棚を開けたり閉めたりしている、いつもどおりの穏やかな様子。ライハーンが自分の機嫌だけで腹を立てるような男ではないのはわかっている。だからエドメの自業自得かもしれない。でも、なにも失敗しない人間や、永遠にがっかりされない人間なんでいるはずがないのだ。

ということは、羨だっていずれは、エドメと同じ扱いを受ける日が来る、ということだ。

ぐっとつまるような息苦しさを覚え、羨は奥歯を噛みしめた。心臓のあたりがずきずきする。それは誰かに——母や良和に突き放されたときの痛みに似ていて、馬鹿みたいだな、と自嘲した。なんで傷ついているんだろう。

(どうしてこんなに、悲しいとか思うんだろ)

べつにライハーンのことを好きなわけじゃないのに。信頼できると思ったから、ライハーンの願いを聞き入れて契約をしただけだ。身体的に楽なのが一番の理由で、二つ目の理由はライハーンが望むならかまわない、と思ったから。彼が飽きてしまうまでの一時的な関係のつもりで、羨自身が望んだ契約ではない。思ったよりもそれが短く終わりそうだからといって、傷つく理由はない、はずだった。

(そりゃ、ライハーンがいなくなったらまた大変かもしれないけど……)

変なの、と思いながら洗ったカップを水切りカゴに並べると、ライハーンが横に並んで、気遣わしげな目を向けてきた。

「羨、洗ってくれたのか？　あとでおれがやったのに」

「……もう終わったよ」

「ずいぶん疲れてるみたいだ。コーヒーは淹れてあげるから、座って？」

「大丈夫、できる」

「もちろんきみが淹れてくれたほうがおいしいけど、羨のやり方を見てるから、おれでも失敗はしないよ」

腰に手を回し、ライハーンはこめかみにキスしてくれた。人間の高い鼻梁《びりょう》が肌に触れ、ぬくもりと優しさが染みるように伝わってくる。いとおしげな目をして髪を撫でられ、羨はちくちくした痛みを覚えながら小さく頷いた。

おとなしく椅子に座った羨と、ドリップオンのコーヒーをカップにセットするライハーンとを見比べて、向かいに座ったジョシュが首を振った。

「いっそのことエドメに見せてやりたいですね。ライハーン様が完全に人間の顔になっただけじゃなく、自らコーヒーまで淹れるなんて、前代未聞ですもん。それに、最長記録じゃないですか？　昨晩人間の顔に戻って、翌日の夜になってもそのままだなんて……もしかしたら羨さんは、本当にライハーン様のパーフェクト・ハーフかもしれないですね」

ライハーンは慎重にお湯を注ぎつつ、「そうだね」と穏やかに言う。

「そうだったらいいと願ってるよ」

「ですって羨さん。自信持ってくださいね」

ジョシュは嬉しそうだったが、羨は曖昧に頷くことしかできなかった。自信なんて、持てるわけがない。信じていないものに自分が例えられたからって、それが急に「あるべきもの」に変わったりはしない。

（そんなのいないって、なんでライハーンにはわからないんだろう）

どうしてDomはパーフェクト・ハーフにこだわるのか。どんな相手でも一晩で関係をやめることはないとライハーンは言った。プレイの満足度で決めないなら、彼はどこで「完璧」かどうかを判断するんだろう。

ジョシュはスマートフォンを操作し、ちらりと羨とライハーンとを見比べた。

「僕としては、エドメがライハーン様の生涯の伴侶じゃなくてほっとしてますけどね。今だから言いますけど、三か月もねばらずに結論を出してもらえると嬉しかったですよ」

「迷惑をかけてすまなかった」

コーヒーを淹れたライハーンがカップを運んできて、羨とジョシュの前に置いた。羨の隣に自分のカップも持ってくると、腰を下ろして羨の髪に触れ、かるくジョシュを睨む。

「きみが恨んでいるのはよくわかったから、もう彼の名前は出さないでくれないか。聞きたい気分じゃない——羨が、いてくれるから」

甘く響くはずのセリフに、ずきんと胸が痛み、脳裏には再びエドメの姿が浮かんだ。たぶん、羨なんかよりずっと、Domに好かれるSubだ。教養も行動力も羨よりあって、それに見合うだけ堂々として自信ありげだった彼の、悔しげな表情やすがろうとした仕草。必死さと悪意。そうして、それを冷酷にあしらったライハーン。

(——俺にはわからないし、信じることもできないよ)

せめて、パーフェクト・ハーフを持ち出さないでくれたらいいのに。羨が喜ぶと思って言っているなら、勘違いもいいところだ。

(俺はライハーンのパーフェクト・ハーフになりたいからそばにいてもいいって思ったわけじゃない。そういうのは、ほかの感情みたいに伝わったりしないのかよ)

さんざん盛り上がったって、違うと断じたらグレアで追い払うくせに。

喉まで声が込み上げて、ぐっと飲み込む。かわりに、わかってただろ、と心の中で自分に言い聞かせた。

ライハーンはＤｏｍなのだ。誰よりもＤｏｍらしい性質を持っているライオン頭。にもかかわらず、勝手にわかりあえた気になって、愛されていると浮かれた羨が馬鹿だったというだけのことだった。

いつか、ライハーンは羨の名前も聞きたくないと思うのだろう。別の誰かを熱っぽく見つめて、羨の存在さえ忘れて。

「羨はどのケーキが食べたい？　やっぱりモンブラン？」

ごく優しく、ライハーンが羨のこめかみにキスした。いつのまにか、白い箱をジョシュが開けてくれていた。羨は精いっぱいさりげなく、笑みを浮かべてみせた。

「今日はジョシュが一番大変だったから、ジョシュが先に選んで」

「ありがとうございます、じゃあ遠慮なく」

嬉々としてジョシュが手をのばし、洋梨のケーキを選ぶ。

「シリオン様からは連絡ありました？」

「――ジョシュ」

ライハーンがため息をつく。

「羨にはゆっくり話すつもりだったのに、どうしてそうやって先に言ってしまうんだ」

「だって、どうせこれから話すでしょう。こうなったら早いほうがいいです」

責められても平気な顔をしているジョシュにもう一度ため息をつき、ライハーンはモンブランを羨の皿に載せてくれた。それから、そっと手を握る。

「シリオンはおれの兄だ。近々日本に来ることになっていて、会う予定なんだ。羨にも一緒に来てほしいんだが、かまわない？」

「――俺は」

会えないよ、と言おうか迷った。ライハーンの兄が喜んでくれても、いずれ落胆させるだけだ。でも、断ればライハーンはがっかりするだろう。羨のために祖母に会おうと提案し、お墓まで付き合ってくれたのだから、せめて今日のお返しはしたほうがいい、と思い直した。

「俺は、いつでもいいよ」

かるくライハーンの手を握り返し、まっすぐに見つめ返す。これだけは、ちゃんと伝えておくべきだった。

「ライハーン。……今日は、ありがとう」

ふわりとライハーンの表情がぬくもりを帯びた。我慢できないように手を握り直して鼻先に口づけ、額を押しつけてくる。

「どういたしまして」

笑みまじりの囁きがあまりに嬉しそうで、けれどそれが羨の中にはあたたかく広がることはなかった。数秒待って、馴染んだはずの感覚が込み上げてこないことに気づき、ため息が出そうになる。

昼間は——ここに帰ってくるまでは、あんなにも穏やかで満ち足りて、ぴったり寄り添っているように感じたのが嘘のようだ。

紅い瞳と見つめあっても、喉の奥、胸の底になにかがわだかまっているような感覚がする。もどかしくて、なにか言いたい気がするのに自分でもよくわからなくて、羨はそっと手を引くと、モンブランを口の中に押し込んだ。

ライハーンの兄シリオンと会うことになったのは、それから十日後のことだった。以前泊まったあのホテルの同じ部屋で待っていると言われ、羨はエレベーターの中で緊張してカーディガンの裾を引っぱった。

真新しい服は自分で用意したものだ。王族に会うのだから、スーツのほうがいいだろうか、とライハーンに相談したら、嬉々としてひと揃い買ってくれようとしたので、普段着でよければ自分で買うと固辞したのだ。でも、せめてジャケットにすればよかった。プライベートだからいつもの格好でいいとライハーンは言ったが、彼自身はスーツを着こなしている。王族や社長の「普通」は庶民の「普通」とは違うのだろう。

「そんなに緊張しなくても大丈夫だよ」

兄は人間の顔のほうがびっくりするからと、今日はライオン頭のライハーンが苦笑して、背中に手を添えてくれた。ほぼ同時に到着を知らせる音が響き、扉がひらく。見覚えのある静かな廊下には、以前と違って屈強な男性が二人立っていて、ライハーンを見るとドアを開けてくれた。

奥のリビングまで進むと、ソファーから男性が立ち上がった。中東でよく見かけるクーフィーヤをつけていて、ライハーンに向かって笑顔で手を広げる。早口の言葉は羨にはわからなかったが、親しげな抱擁や表情から、仲がいいのが伝わってきた。遠慮なくライハーンのたてがみを掻き回したかと思うと、羨にも明るい眼差しが向けられ、羨は急いで頭を下げた。

「はじめまして、高村羨です」

せめて挨拶だけはと、教えてもらって練習した英語はたどたどしかったが、シリオンは嬉しそうににっこりした。

「ぼくも会えて嬉しいよ。シリオン・ルシュディー・アスティーラ、ライハーンの兄です」

日本語だった。びっくりして目を丸くすると、「昔から勉強しています」と教えてくれる。

「ライハーンがとても上手だから、ぼくも真似をしてね。仕事にも使えて便利なんだ」

どうぞ座って、とすすめられ、ライハーンと並んでソファーに腰を下ろすと、ワゴンでお茶が運ばれてきた。香りのいい紅茶には小さな焼き菓子が添えられていて、おいしそうだが、緊張のせいでとても手が出せない。気さくでも、シリオンの佇《たたず》まいは堂々としていて風格があり、中東の服装とあいまって、いかにも王族らしい見た目だった。気軽に振る舞えるような雰囲気には思えず、強張っていると、ライハーンが膝の上の手を握ってきた。

黙ったまま視線をあわせ、励ますように微笑んで、手の甲を何度も撫でてくれる。見守っていたシリオンが、「なるほどね」と感心した声音で言った。

「ジョシュに聞いたとおりだ。羨のこと、とても大事にしているんだな」

「はい。可愛いし、愛おしいんです」

「そのようだね。今まではどんなに頼んでも、パートナーをぼくたちに紹介してくれなかったのに……パートナーにしたいと言っていたけど、結婚も考えている？」

びく、と肩が揺れてしまった。羨の反応にライハーンは目を細め、ゆっくりとかぶりを振る。

「おれの希望はそうです。羨には、ゆっくり考えてほしいと伝えてあります」

「そうか」

シリオンはどこか困ったような表情で羨を見た。すぐに穏やかな笑みを浮かべたものの、一瞬のその表情が引っかかった。

「ライハーンがまた愛せる人を見つけられたことは、ぼくも自分のことのように嬉しいよ」

ライハーンはわずかに顔をしかめる。

「兄さんまで、あの人の二の舞になるかもしれないとでも思ってるんですか？　羨はそんな人間じゃありませんよ」

そう言われて、羨にもわかった。シリオンは、かつてライハーンが一度だけ完全な人間の顔に戻れた相手を知っているのだ。シリオンは大きく首を横に振った。

「もちろん、羨を疑うつもりはない。祝福したいんだ。ただ……ジョシュから、人の姿に戻った相手だと聞いたからね」

「あの人のときとは違うと、おれが一番わかっています。大事なのはおれが人間の顔に戻れるかどうかじゃないんです。やっとわかりました」

「わかった？」

「ええ。羨が、おれのパーフェクト・ハーフです」

きっぱりと宣言するライハーンに、シリオンは困ったように眉根を寄せた。彼に見つめられ、羨は逃げるように目を伏せてしまった。まさか兄弟の前で、パーフェクト・ハーフだと言いきるとは思わなかった。羨にとっては一番言われたくない単語だ。

(絶対違うのに。俺が信じてないことだって知ってるくせに……お兄さんも困ってるじゃん)

ライハーンは再び手を握ってくると、丁寧に髪を撫でた。

「今日はプレゼントを用意してあるんだ。受け取らなくてもいいから、見てくれる?」

「——プレゼント?」

「結婚を申し込むなら、おれたちの場合はこれだろう?」

ライハーンは立ち上がると、部屋の端にある飾り棚から箱を取り上げた。

「ここに届けておいてもらったんだ。羨に似合いそうなデザインを選んだけど、気に入らなかったら今度一緒に買いに行こう」

わずかな光沢のある布張りの箱は、いかにも高級そうだった。開けてみて、と促され、羨は「いらない」とは言えずに蓋を取った。真っ白な絹の台座におさめられていたのは銀色の指輪と革製の華奢《きゃしゃ》な首輪で、見た瞬間、複雑な気分になった。

首輪はDomがSubに贈るものだ。本来は結婚、あるいは半永久的なパートナー契約を結ぶときに贈られ、Domは揃いのデザインの指輪を身につける。一般的な夫婦の結婚指輪に相当するのだが、少し長く続く契約関係になったときにDomがプレゼントしたり、婚約のときに贈ることもあった。つけていればパートナーがいるとわかって不要なちょっかいを出されずにすむし、社会的な信用度も増すので、ほしがるＳｕｂは多い。

箱の中の首輪は、ちょうど正面の位置に小さなダイヤモンドがひとつだけ下がったシンプルなものだが、ライハーンの名前がしっかりと刻印されていた。

「指輪はもちろん羨の名前が彫ってあるよ」

隣に座り直したライハーンが、首輪と同じ大きさのダイヤがついた銀の指輪を回す。ほら、と示された部分にＺｅｎと印されているのを見て、羨はぎゅっと拳を握りしめた。

「もらえないよ、こんなの」

「――好きじゃなかった？」

ライハーンの顔が寂しそうになり、たてがみまでがしおれる。

「好きとか嫌いとかじゃなくて、こんなの俺には不釣り合いだよ。宝石、本物なんだろう？」

それに、受け取ってしまったら、あとあと面倒なことになるはずだ。ライハーンには社会的立場があって、婚約だとか結婚だとかしてしまったら、解消するとき、周囲に迷惑をかけずにすませることはできないだろう。

（……やっぱり、お兄さんにも会いにこないほうがよかったかも）

なんで家族の前でプロポーズなんかするんだよ、とライハーンをなじりたかった。なのにライハーンはこんなときに限って気持ちを汲む様子もなく、膝がくっつくほど身体を近づけた。

「不釣り合いなんかじゃない。羨にはどんな宝石よりも価値があるよ」

真剣な表情で羨と向きあい、そっと顔に触れてくる。

「羨がいやならプロポーズはもっとあとでもかまわないけど、おれの気持ちの証になるようなものを、羨にあげたいんだ。きみのことが好きだって、安心してほしい」

「安心って……俺はべつに」

「わかってるよ。おばあ様のお墓参りから帰ってきてから、ずっと悲しそうだし、不安そうだ」

指先がいたわるように耳の後ろを撫で、羨は気まずく視線を伏せた。たしかに、エドメが来てから、どんなに気をつけても前と同じようには振る舞えなかったし、そのことにライハーンが気づいているのもわかっていた。羨の態度が変わったことを、ライハーンは「不安のせいだ」と考えたのだ。

（……違うのに）

ぎこちなかったのは、感覚がずれたまま戻らないせいだ。ライハーンの感情はわかる。なのにあの日以来、羨の心はライハーンの感情に寄り添って、自分のことのように感じることはなくなっていた。ただわかるだけで、共鳴しない。それが余計に、自分がライハーンの「特別」である資格を失ったような気分にさせた。

「おれは羨が好きだよ。きみが受け取ってくれなくても、きみの名前の入った指輪をおれはつけておくし、それでもまだ不安なら、そう言ってくれればいいんだ。怖いとか、むかつくとか、もっと安心させてくれとか、なんでもいい」

「――」

「きっと首輪はしたことがないよね。気が進まないなら、なにかほかのアクセサリーでもいい。ブレスレットとか、目立たないのがよければアンクレットとか。なんでも、羨が受け取ってもいいと思えるものにしよう」

わかる？　とライハーンが声を甘くした。

「他人が見てもそうとわかるような、おれがきみを愛している証拠になるものを、持っていてほしいんだよ。羨には安心してほしいし、身につけていてくれれば、おれも、きみを他人に取られる心配をしなくてすむ」

「心配って……ライハーンが？」

「大好きだからね。いつ取られてしまうだろうって、正直、気が気じゃないよ」

なんで、と咄嗟に声が出かけ、羨はそれを飲み込んだ。

（なんでそんなこと言うんだよ。ほしいのは俺じゃなくて、パーフェクト・ハーフのくせに）

共鳴だってちゃんとできていないくせに、と非難したくなる。

（なんで、伝わらないの。俺が嬉しいのは首輪とか、パーフェクト・ハーフだって言われることじゃないよ）

十日前まではあんなにも心地よく羨を包んでいたものが、いっそう遠くに行ってしまったようだった。唇を噛むと、シリオンがとりなすようにライハーンを呼んだ。

「おまえが本気なのはぼくにもよくわかったよ。でも、羨が困ってるじゃないか。さっきはゆっくり考えていいと言ったくせに、婚約のプレゼントを押しつけたのでは意味がないだろう」

「結婚してもいいかどうかは、何年迷ってもらってもかまわない」

ライハーンは珍しく苛立ったように兄へと向き直った。

「印を身につけてほしいと言っているだけです。パートナーがいるとわかれば、手を出すDomはいませんから。たった一人の特別な人を、守りたいと思うのは当然でしょう」

「——ぼくはむしろ、ライハーンが心配だよ」

シリオンは深くため息をつき、背もたれに身体を預けた。

「羨のことは、ジョシュもいい子だと言っていたから、そんな人が弟のパートナーならぼくら兄弟も、もちろん父も、ライハーンの母上だって祝福する。……でも、出会ってまだ二か月も経たないんだろう?」

もっともな心配で、羨はかえってほっとした。だがライハーンはぐっと眉間に皺を寄せ、不機嫌な表情になった。

「結局、兄さんもあの人の二の舞になると思ってるんですね」

「そうじゃない」

「いいえ、そうです。ジョシュもだ。わざとらしく羨の前で話題に出したりして責める」

「責めているんじゃないよライハーン。おまえに絶望してほしくないだけだ」

辛抱強く穏やかなシリオンに、ライハーンは諦めたような笑い声を漏らした。

「兄さんたちに理解されないのは仕方のないことです。おれにとって、パーフェクト・ハーフが——羨が、どれだけ必要かは。でも羨には、一度ちゃんと伝えるよ」

羨を見つめると、ライハーンはゆっくりまばたきした。色がわずかに濃くなって、溢れるような甘やかな気分が彼の中に込み上げるのがわかる。

「物心ついたときから、おれは誰にとっても必要のない存在だと思っていた」

「————ライハーンが？」

思いがけない告白だった。彼の口からも、ジョシュからも、家族仲が悪かったという話は聞いたことがない。複雑な事情はあったのかもしれないが、今でもこうして兄が心配してくれるくらいだ。

そう考えたのが聞こえたみたいに、ライハーンが頷いた。

「王子とはいえ七番目だ。いなくてもかまわないのは明らかだったし、むしろ母が外国籍だという理由で、家族以外の親戚には母やおれを疎ましがる人間もいて、普通に愛されていても、いないほうが平穏だっただろう、と思うようなことが何度かあった」

シリオンがなにか口を挟もうとし、思い直して紅茶を口に運ぶ。気づいているだろうに、ライハーンはフォローせずに続けた。

「愛してもらうのが心苦しくなかったのは、イタリアの祖父と日本の祖母のところだけだったが、祖父は早くに亡くなったんだ。祖父の新しい家族とも仲がいいから、イタリアに行けば会うけどね。和香さんは十歳で別れるまで一番好きな肉親だったけど、Ｄｏｍだと判明してアスティーラに戻ってからは、一度も会えなかったのを、羨も知っているよね」

羨は手紙の缶を愛おしそうに見るライハーンを思い出して、小さく頷いた。嫌われていると知りながら、ライハーンは手紙を送り続けたのだ。

「Ｄｏｍだから嫌われたんだと、十歳のころは思っていたよ。珍しい完全な獣頭なのもいやだった。なんとか自分のボディタイプを受け入れてから初めて恋をしたときは、おれが心から満足しても、相手はそうじゃなかった。裏切って、盗みを働いて逃げて、おれのことははっきり嫌いだと言ったよ。立ち直るのにはしばらくかかって、兄たちにも迷惑をかけた」

「……ぼくらは一度も迷惑だとは思っていないと、何度も伝えただろう」

耐えかねたようにシリオンが口を挟む。わかっています、と兄に微笑んでみせて、ライハーンはかぶりを振った。

「でも、心苦しかった。だから家族は好きだが、アスティーラにはいてはいけない気がして、身分を捨ててアメリカに渡ったんだ。でも、どんな仕事をしようが、評価されても期待していたようには満たされなかったよ。ビジネスの世界には結局、おれでなければならないことは存在しない。あとはあるとすれば、一度失敗したけれど、愛する人を見つけるしかなかった。それもただの恋人ではなく、たったひとり、すべてをかけて愛しあいたいと思えるような、特別な人だ」

「――」

「何年も何年も探して、見つけられなくて、やっと会えたのがきみなんだよ、羨」

少し掠れたライハーンの声は誰が聞いてもせつなげで、語られた言葉に偽りはないのだと伝わってくる。どんなに見た目が雄々しいＤｏｍでも、小さな子供の時代はあって、感じた寂しさはきっととても深かったのだろう。

悲しさも絶望も羨もよく知っている感情で、だからこそ喜べなかった。

(困るよ、ライハーン)

彼が焦がれて探すような特別なものなんか、羨にはないのに。

運命の相手だとライハーンが信じてくれても、結局彼を傷つけてしまう。

声を出せずにいると、シリオンが仕方なさそうに嘆息した。

「まったく、我が弟は大事なことほど、家族に黙って決めてしまうから困りものだよ。国籍を捨てることも、恋人のことも、報告とか相談とか、少しはしてくれてもいいだろう」

「羨のことはこうして紹介したじゃないですか」

心外そうにライハーンはシリオンを振り返った。そうだね、とシリオンは首を振る。

「いきなり目の前でプロポーズされてびっくりしたけれど、事後報告よりはずっといい。――

どんなにきみが寂しがろうと、ぼくら兄弟はこれから先ライハーンを嫌ったりしないし、両親は変わらずきみを愛しているからね」

「今はもちろん、十分に感じていますよ」

「十分伝わっていないようにぼくは思うから、羨とのことは全力でサポートするよ」

やれやれと首を振ってみせながらも、シリオンが本気でそう思っているのは明らかだった。

彼は羨を見ると、励ますように微笑んでくれた。

「羨が戸惑うのも無理はないけど、弟の真剣さだけは受けとめてやってくれ。一度、アスティーラにも来てほしい。父上も会いたがっていたから喜ぶし、ライハーンの母も驚いていたが嬉しそうだった。もちろんぼくも、ぼくの妻と娘も大歓迎だ。王宮の庭は美しいことで有名だし、海も綺麗だから、のんびり休暇を過ごせるよ」

「…………ありがとうございます」

迷って、羨はお礼だけを口にした。ライハーンは首輪と指輪の入った箱を閉め、「今日はやめておくよ」と目を細めた。

「なんだか余計に羨を不安にさせたみたいだから。急な変化はいやがるって知っていたのに、ごめんね」

「……ううん。俺こそ、ごめん」

違うんだ、とは今度も言えなかった。たしかにこの感じは不安なときに似ている。寂しいのだと言われればそうなのかもしれなかった。だって、羨ではライハーンのパーフェクト・ハーフにはなれないから。

もしかしたらライハーンくらい特別なＤｏｍになら、奇跡的な存在もいるかもしれないけれど、それは自分ではない。それどころか、短期間だけパートナーでいる権利だって、ないかもしれない、と羨は思う。

（こんなに好きだって言われても、全然嬉しい気持ちになれない）

言葉を重ねられるほど、胃のあたりがずんと重くなって、心が塞ぐ。なにか硬いものが喉につかえて、悲しい気分ばかりが強まっていく。この前した約束では十月末までの契約だけれど、あと半月も耐えられる気がしない。いたわるようにライハーンに額を押しつけられると、目をあわせられずにまぶたを伏せるしかなかった。

ライハーンはそっと羨の鼻先にキスしてくる。

「これからも、きみに尽くしてかまわない？」

乞うようなひそやかな囁きにぶるっと震えそうになり、羨は息を飲み込んだ。一瞬だけ、いっそ言えたら、と考える。エドメみたいになれたら、楽かもしれない。抱きついて「嬉しい、俺も好き」と言えばきっとライハーンは喜ぶ。困るくらい大切にされて暮らすのは、ひとりで体調不良に耐え、ときには行きずりのＤｏｍとプレイをして生きていくのに比べたら――たとえあと半月だって、幸せだ。

でも、いつかはライハーンには次の相手が見つかるのだ、と思うと、とても声にはならなかった。それは、言ってはいけないことだ。決して叶うことがないと知っている願い。

結局羨は頷くことができなかったけれど、シリオンが立ち上がった。

「そろそろ食事に行かないか。食べながら羨に、ライハーンの小さいころの話でもしてあげよう。羨が聞きたいことはなんでも教えるよ」

「――ライハーンが小さいころのこと、気になります」

控えめに微笑を返し、羨は肩を抱き寄せるライハーンに、意識して身を預けた。返事がなくてがっかりしただろう彼を少しでも慰められれば、と思ってのことだった。

スーツの感触がこめかみに伝わる。けれど、待ってみても感じるのはそれだけで、羨は愕然とした。

抱いてくれる手からはかすかに体温を感じる。でも、それ以上のものがない。ライハーンが感じているはずの感情がなにも染みてこない。落胆も安堵も、苛立っているのか悲しんでいるかも、なにひとつわからなかった。

(――どうしよう)

意識がすうっと暗がりに沈んでいくようで、羨は両手を握りしめた。

羨は、ライハーンと共鳴する権利まで失ったのだ。

シリオンが予約しておいてくれたのは、ホテル内の中華レストランだった。三階のレストランフロアの一角にあり、店の奥の個室へと案内されて丸テーブルにつくと、恭しい態度の店員が飲み物を聞いてくれ、羨は烏龍茶《ウーロン》を頼んだ。

室内は豪華で重厚な雰囲気で、テーブルは不思議な光沢を放っている。座った椅子には細かな彫刻がほどこされていて、美しく畳まれたナプキンは躊躇するほど真っ白だった。どうするんだろう、と戸惑うと、隣に座ったライハーンが膝に広げてくれた。甲斐甲斐しい仕草に、羨は申し訳ない気分になる。

世話を焼いてもらっても、ライハーンがなにを思っているのかがわからない。どことなく事務的な態度にも感じられ、もしかしたら、羨が共鳴できなくなったことに気づいたのかもしれなかった。

小さく礼の言葉を口にすれば、かすかな微笑みだけが返ってくる。優しい表情は相変わらずなのが胸に迫って、いっそう申し訳なくなった。羨の正面に座ったシリオンはなにも言わなかったけれど、さりげなく視線を逸らしていて、どこか居心地が悪そうだった。

気まずい沈黙が流れたが、ほどなくお茶と最初の料理が運ばれてきた。シリオンは手をつけながら、気を取り直すように「もう片付けは終わったのかい？」と聞いた。

「ええ、おおよそは。写真はデータにして母にプレゼントすることにして、アクセサリーは売却して、イタリアの児童施設に寄付するつもりです。手紙の類はお寺で焚《た》き上げてもらいました」

「焚き上げ？」

「燃やすんです。煙で天に届けられるようにと、羨が提案してくれて」

なるほど、とシリオンは感心している様子だった。ライハーンは落ち着いた態度で食事をしながら、お焚き上げのときの手順を兄に説明した。羨は黙って聞きながら、名前のわからない料理を口に運んだ。大きな黒い皿に品よく盛られた前菜は、中華というよりフレンチのような見た目で、食べると蟹《かに》の味がして、ライムの香りが爽やかだった。ふわふわのムースの食感も心地よく、夢のような味がする。おいしいとは感じるが、どこか現実味のない味だった。

「それは素敵な文化だね。では、形見にもらうものも決めたんだね？」

「それはまだなんです。二つに絞ったんですが、どちらにするかまだ迷っていて」

兄弟の会話を聞きながら、知らなかったな、とぼんやり思う。どんどんものがなくなってきても、ライハーンはのんびりしていて、考えているようにも見えなかったのだ。

（……もしかして、なんでもわかってるような気がしてたのも、思い上がりだったのかも）

いったんわからなくなると、自分の感じていたものが本当にライハーンの感情だったのか、確信が持てなかった。全部嘘だったとは思わないが、実際に彼が感じていたのは、羨が感じ取ったと思い込んだ感情の大きさの、半分もなかったかもしれない。

シリオンが「ライハーンは優柔不断だから」と大袈裟《おおげさ》な身振りをした。

「子供のころはよくアイスの味で迷ってね。結局どっちも溶けてしまって、泣きべそをかいてたんだ」

「兄さん、適当なこと言わないでください。泣いてません」

「いいや、泣いてたね。たしか動画を姉さんが撮ってたはずだ。今度羨にも見せるよ」

シリオンは気を遣ってくれているのだろう、ずっと日本語で、羨にも話しかけてくれる。タブレットを操作すると、笑顔で差し出した。

「アスティーラに戻ってきたあとの誕生日にほしがっていた城の模型をもらって、どこに置くか散々悩んでいたときの写真ならあるよ。見るかい？」

「そんなの、見せなくてもいいのに……」

ぼやきつつも、ライハーンが受け取って羨に渡してくれる。画面に表示された写真には、抱えるほど大きな城の模型を前に、思案げなライオン頭のライハーンが写っていた。身長は今よりずっと低くて、頭の形もどこか子供っぽい。裾の長い中東風の服が似合っていて微笑ましかったが、なにより目を引くのは背景だった。

巨大な柱と、奥行きのある空間を彩る絨毯や調度品。真っ白な建物だけでも荘厳だが、きらびやかで色鮮やかな装飾品が、いかにも王族の住処《すみか》らしい。

ほんとに住む世界が違うんだ、と他人事のように思いながらタブレットをライハーンに返す。

シリオンは懐かしそうにライハーンを見つめた。

「なんでも迷うくせに、一度決めたら頑固なんだよ、ライハーンは。なにも相続権を放棄しなくてもいいし、もっと一緒に暮らしたかったのに、ひとりで決めてひとりでアメリカに行ってしまって、みんな寂しがったものだ」

「ちゃんと毎年帰ってるでしょう。こうやって会うことも多いし、連絡だってまめに取ってます。仲のいい家族なのは、おれにとっても誇りですよ」

「疑わしいね。おまえときたら、日本に行くってことさえ、ぼくたちには言わなかったじゃないか」

シリオンが非難がましくため息をついた。

「急にメールが来たかと思えば、今は日本にいて、和香さんの家の片付けをしているというから驚いたよ」

「おれも急いで来たので、落ち着いたらちゃんと連絡しようと思ってたんです」

「正直、ライハーンと和香さんが親しいとすら思っていなかった。預かってもらったのは子供のときの四年間だけだし、手紙をやりとりしてたのも知らなかったしね」

次の皿が運ばれてくる。今度はスープで、一口飲んだシリオンは羨を見て説明してくれた。

「和香さんという人は、ライハーンの母が誘っても、一度もアスティーラに来たことがないんだ。ぼくも写真でしか知らなかった。でも、母娘《おやこ》仲は悪くなかったはずだ。ライハーンの母とはときどき連絡を取りあっていたし、ライハーンを預けていたくらいだからね。亡くなったあとに片付けを頼むのは、親しい、信頼している身内だろう？　普通なら娘に頼むはずだ」

ライハーンもスープを一さじずつ口に運びつつ頷いた。

「おれも最初は驚きました。でも、遺言と一緒に渡された手紙があったんです。『今まで手紙をありがとう』って書いてあって……おれがどんなふうに過ごしているか伝わっていたからこそ、心配してくれたようなんです」

「心配？　ライハーンを？」

「本当は自分が死んだ知らせを送るだけにするつもりだったけど、返事がなくてもずっと手紙を寄越すくらい慕ってくれているから、会えなかったことを悔やむだろうと思って、別れを惜しむ時間を用意するために、遺品の整理を託すと書いてありました」

「——そうだったのか」

シリオンが感慨深げに呟いたが、羨も初めて聞く話だった。盗み見ると、ライハーンは兄を見つめて、穏やかな顔つきをしていた。礼儀正しく紳士的な、適度な親しさを示すかのような、完璧な雰囲気だ。

「おまえはおじいちゃんに似てるから、そんなに器用じゃないのよ、と昔言われたことがあるんです。だから祖母である自分にかまけるよりも、生涯ライハーンが大事にできる人やものに心をそそぎなさいって。いつまでも甘えないようにと思いやって、彼女からは手紙も寄越さなかったんでしょう。そこまで不器用じゃないつもりですが……和香さんにとっては、おれはいつまでも頼りない孫だったのかもしれません」

「親にとっての子供がいつまでも子供なのと同じだな」

「ええ。気恥ずかしいですが、愛されていると思えばいいものです。それに彼女の手紙には、まるで羨と出会うのがわかっているみたいなことも書いてあって」

そう言ったライハーンが、ひと呼吸入れるように口を閉ざした途端、羨のポケットでスマートフォンが震えた。着信だ。めったに電話がかかってくることがないのに、と訝しく思いながら画面を見て、さっと顔が強張った。

表示されていたのは良和の名前だった。

(なんで良和さんから——)

奇妙なタイミングで、なにを言われるのか予想もつかない。どうせ自分勝手で一方的なことだろうと考えかけ、羨はふと、ライハーンを見た。

「羨？　電話、誰から？」

心配そうな表情をじっと見つめたが、あの「伝わってくる」という感覚はなかった。やっぱりもうだめなのだ、と思うと目縁が熱くなりかけて、反射的に身体が動いた。

立ち上がってシリオンに目礼し、スマートフォンを握りしめて個室を出る。

こんな電話、無視するべきなのはわかっている。でも――あそこで身分の高い兄弟の話を聞いているより、良和になじられるかなにかするほうが、自分には相応しい気がした。

(もう契約はやめてしまったほうがいいんだ)

ライハーンの気持ちさえ感じ取れなくなった以上、高価な食事を奢られるだけの価値は、自分にはない。長く彼のそばにいればいるほど、結果としてライハーンを傷つけるだけなのだ。羨はたくさんよくしてもらったというのに、彼に返せるものはなにもない。完全な人の顔に戻れる相手に一度裏切られているライハーンを、また悲しませるのは、できるだけ少ないほうがいい。

店の外まで行ってから電話に出ると、聞き慣れない声が耳に響いた。

『そのホテルもレストランも、おまえには似合わないのに、浮かれちゃってんの?』

母国語ではない人間のイントネーションで、あのSubだ、と気がついた。エドメだ。まるで見られているかのようなセリフに周囲を見回したが、廊下には誰もいない。羨はスマートフォンを持ち直した。

「なんであんたが、この番号――」

『ああ、電話? おまえの継父なんだってね。せっかくプレイしてもらったのに、がっかりさせたんだって?』

電話ごしでも表情が目に浮かぶような口調だった。

『良和、僕とのプレイは楽しめたみたいで、もう何回もやったんだ。わざとコマンドを失敗してお仕置きさせてあげたら興奮しちゃって、すっかり僕に夢中なの。電話くらい、いくら使ったって喜ぶだけさ』

得意げに言い放ち、エドメは囁くように声を低めた。

『頼んだら、羨のことも調べてくれたよ。なんとかサービスっていう、やらしい会社で働いてたんだってね』

「――おまえに関係ないだろ」

自分の優位を疑っていないらしいエドメの口調に、羨はいらいらして言い返した。たぶんエドメは羨を脅すか、傷つけるかしたいのだ。今さら、そんなことはどうでもいいのに。

エドメは嘲《あざけ》るような笑い声を漏らした。

『ロビーに来なよ。もちろんライハーンには言わずに、ひとりでね』

言うなり通話が切れて、羨は店の入口を振り返った。幸い、ライハーンは追いかけてこない。やっぱり心配するほどの相手じゃないと気がついたのかも、と思って笑いそうになって、羨は足早に廊下を進み、エレベーターのボタンを押した。

早くライハーンから遠ざかりたかった。到着までの時間が焦れったく感じられ、ロビーに降りてしまうと少しだけほっとした。

エドメは入口の近くにいて、羨を見つけると歩み寄ってきて、さりげなく腕を掴み、置かれた椅子へと並んで腰掛ける。今日もきちんと化粧した彼は、格式高いホテルの空気に臆することもなく堂々としていた。羨を頭からつま先まで眺めて、馬鹿にしたように唇を歪める。

「だっさい格好。ライハーン、服も買ってくれないわけ？　そんなんじゃ彼が恥をかくのに」

「……そうかもな」

自分でも相応しくない格好だと思っていたから、棘《とげ》のある言葉もなんとも思わなかった。

羨の反応は予想外だったらしく、エドメは一瞬鼻じろんだようだったが、すぐに大きくため息をついた。

「ほんと、どうやってたらしこんだか教えてほしいくらい。良和はプレイもすごく下手くそだって言ってたのに」

傷つけたいことだけはよくわかるけれど、高めのエドメの声は素通りするようにどうでもよかった。「で？」と我ながら冷めた声が出る。

「わざわざ調べて電話までかけて、言いたいのってそれだけ？」

「——っ僕を馬鹿にするな！」

かっとしてエドメが怒鳴る。ロビーを横切る客がぎょっとしたように振り返り、エドメは怒りに震えながら声を低めた。

「僕はおまえのことはなんでも知ってるんだからな。十二歳で親に捨てられたも同然で、まともに学校も通わなかったんだろ？　十六で逃げ出したからいっつも金に困ってて、長いこと住む家もなくて、年齢詐称してデリヘルの会社にもぐり込んでたことも。そんなやつがまともな人間だと思う？」

よく知っているな、と思ったが、良和とつながっているなら不思議はない。彼なら羨がどこで働いていたか知るのもたやすいだろう。

「そのことならライハーンも知ってるから、あの人にばらして別れさせようとか思ってるなら意味ないよ」

「へえ、僕がライハーンにばらすつもりで調べたと思ってんの？」

勝ち誇った表情でエドメが肩を竦めた。

「仮にもパートナーなら知ってるでしょ。素性とか経歴がどうだってライハーンは優しいよ。Ｓｕｂなら私が愛してやらなければ、とか思ってんだからさ」

だったらなぜ調べたんだろう、と眉根を寄せた羨に向かって、エドメはきゅっと目を細めた。

「ばらすのはマスコミにだよ。あのＥヴィクトリアの金獅子ＣＥＯが未成年を買った、なんてタブロイド紙にでも言えば確実にスキャンダルでしょ」

スキャンダル、と言われると身体が強張った。――そういう方法があるとは、予想もしなかった。

エドメは満足げに羨の顔を見、いやな笑みを浮かべる。

「それに、ろくに年齢確認もしないで働かせる会社なんてまともなところじゃないよねえ。そんな会社を利用したこと自体、評判に傷をつけるスキャンダルじゃない？　可哀想に、ＣＥＯを辞任するだけですめばまだましだろうな」

「……っなんで、そんなことするんだよ。おまえが気に食わないのは俺だろ。ライハーンを困らせたって――」

「困らせたって、なに？　意味ないとか、僕とまた契約してくれるわけないとでも言いたいの？」

　羨を遮って、エドメは吐き捨てるように言った。

「僕はおまえみたいに馬鹿じゃないからね。なにをしてもしなくても、ライハーンが二度と僕なんか見向きもしないのはわかってるよ。一度自分に相応しくないと思ったＳｕｂのことなんか、Ｄｏｍはゴミ以下にしか思ってないんだから」

「――」

「ああ、おまえはもしかして信じてるの？　自分のせいで嫌がらせされてもライハーンは愛してくれるはず、とか思っちゃってる？」

　エドメは顔を近づけて、揶揄うように額を押した。

「Ｓｕｂの素質もなくて、仕事でも逃げてばっかりだったくせに。母親には嫌われてました、血のつながらない父親にはレイプされましたって言って、ライハーンに同情してもらった？　そんなの、不幸なふりして、なんの努力もせずにたまたまうまくいっただけじゃないか」

「――俺は、」

事実はエドメが言ったとおりではない。けれど、まったく見当違いでもなかった。黙り込んだ羨に、エドメは憎々しげに顔をしかめた。

「僕は努力したよ。生きていくためだもん、少しでも自分の利益になるDomを見つけたくて、ライハーンに近づいたんだ。日本語を勉強して、全然興味がないのに文化が好きなふりまでして、アスティーラのことも全部調べて、上流社会の人間に見えるようにマナーだって覚えて、やっと目にとめてもらえたんだ」

「――」

「おまえ、僕の半分でも努力した？　してないでしょう。そんなやつが僕より幸せになるなんて、許せるわけないじゃないか。ライハーンが幸せになるのだって許せない。僕の相手じゃないなら、落ちぶれてくれたほうがすっきりするだろ」

「そんな――」

好きだから、あんなにも必死に食い下がったのではなかったのか。

羨には、エドメの心境が理解できない。わかるのはただ、彼がライハーンのことを憎んでいるのだ、ということだけだった。

「おまえは身の程知らずのくせにライハーンが好きなんだよね」

嘲る目つきのまま、エドメがうすく笑った。

「どうせ三か月もすれば飽きられるけど、おまえのせいでスキャンダルになったりしたら、明日にでも捨てられちゃうだろうね」

羨は深く息を吸い込んだ。エドメは愚かだ。まだ羨に、ライハーンとパートナーでいる権利があると思っている。脅されなくてもどうせあと一か月ももたないのに――そう思いながら、間近い彼の顔を睨み返した。

「だったら、俺はどうすればいい？」

そばにいられなくなるのが明らかだからこそ、エドメに嫌がらせをさせるわけにはいかなかった。

怯えるどころか睨んだ羨に、エドメは悔しそうに顔を歪めて「決まってるだろ」と舌打ちした。

「今すぐライハーンと別れてよ。おまえにできることなんて、それくらいしかない」

「わかった」

「――ほんとにわかってんの？　今すぐ、だよ。ライハーンとはもう顔もあわせないで。電話もだめ。フロントに『二度と会いたくないから探さないで』ってメモを預けて、そのままホテルを出て、なるべく遠くに行って」

「いいよ、そうする」

全然簡単なことだった。立ち上がると、エドメのほうが焦って腕を摑んでくる。

「ごまかす気なら許さないからな。この先ちょっとでもライハーンの周囲をうろつくことがあったら、すぐマスコミに言うから。一生、なにがあっても、絶対に近づかないで」

思いのほか必死な様子に、羨は呆れそうになった。羨がそのとおりにしたって、エドメにはなんの利益もない。口ではわかったようなことを言っても、エドメはまだライハーンを諦めきれずにいるのかもしれなかった。

（――日本まで、追いかけてくるくらいだもんな）

可哀想に、と思いながら頷いて、彼の手を振り払った。フロントを目指して歩きかけ、思い直して足をとめる。

「もう二度とライハーンには会わないけど、もしそっちが約束を破ったら、俺もマスコミに言うよ。良和さんが俺と契約してプレイしたのは十六のときだったことも、あんたが俺を脅してきたことも」

一瞬、エドメが無防備に目を見ひらいた。すぐに取り繕うように冷笑を浮かべる。

「なんだよ、僕を脅すわけ？」

「違うよ、ただ覚えておいてほしいだけ。俺はひとりで生きていけるけど、あんたはＤｏｍがいないとだめみたいだから、ライハーンに嫌がらせするなら、何回でもあんたがＤｏｍと結ばれるのを邪魔してやる」

「なんだと……っ」

「あんた、可哀想だよな」

エドメの顔が屈辱で赤くなるのを眺めて、羨は踵《きびす》を返した。フロントにメモ用紙とペンを頼み、言われたとおりの文面をしたためて、ライハーンに渡すよう頼んで託す。

そのまま、急ぎ足でホテルを出た。

冷たい秋風に首を竦め、ちょうどよかった、と考える。あのメモで、ライハーンは納得するはずだ。共鳴できなくなったことには彼も気づいているはずだから、簡単に諦めるだろう。少しは傷つくかもしれないけれど、お互いにもうだめだと知りつつ一緒に過ごすよりは、今日きっぱりやめてしまうのが一番いい。しばらくすれば羨の存在も忘れるだろうし、羨はただ、元どおりの生活に戻るだけだ。

もともと一週間だけの契約が、予定より少し長引いて、そのあいだ楽をしただけだと思えば、悪いことはなにもなかった。

（――会社の事務所に行って、仕事入れてくださいって頼まなきゃ）

プレイの仕事も入れよう、と思いながら歩き出そうとすると、ちょうど正面にとまっていた黒い車のドアが開いた。大きめのワンボックスカーは車内も暗く、そこからぬっと手が突き出してくるのだけが見える。

それが摑みかかってくる錯覚がして思わず後退ると、背中が誰かにぶつかった。はっとして振り返ると、不機嫌な顔をしたエドメが立っていて、無言で羨の二の腕を摑む。ほぼ同時に、急激に身体が重さを増した。

「――っ」

グレアだ。殴りつけるような威圧的な力にうちのめされて、声は出なかった。膝ががくりと落ち、車から手が、腕が、身体が這い出てくる。半袖のポロシャツから盛り上がった筋肉が見え、いかつい顔が羨を見下ろしてにやりと笑った。

「やっときみとプレイができるな、羨くん」

きつねの耳が興奮気味に動いていて、羨は名前を思い出した。越尾という、元スポーツ選手だ。ぞっと背筋が凍りつき、振り払おうとしたが無駄だった。動けない。暴力的なグレアは休みなく放出されていて、何度も何度も殴りつけられるような痛みが駆け抜けた。

快感はない。ただ支配するだけの、乱暴な力だった。

「……ぐ、……ん、ぅ……っ」

顔を歪めて呻いた羨を嗜虐的な目で見つめ、越尾はやすやすと車に運び込んだ。運転席では痩せた、知らない若い男がびくびくしている。

「越尾先生……あの、僕」

「ぼけっとしてないでさっさと出せよ」

男を叱りつけたのは、あとから乗り込んだエドメだった。不機嫌な彼に、越尾は余裕たっぷりに笑った。

「なに、焦らなくていいんだ。誰も見咎めたりはしない」

越尾は見せつけるように羨の肩を抱き直した。再びグレアが浴びせられ、殴られたような衝撃が襲って、羨は吐き気を覚えて喘いだ。頭ががんがんして、手も脚も折れたみたいに動けない。スライドドアが閉まり、車はゆっくりと動き出す。越尾は羨のコットンパンツからシャツを引きずり出し、無遠慮に手を入れて胸に触った。

「……っ」

びくん、と意思に関係なく全身が跳ねる。その反応に、越尾が舌なめずりした。

「俺は狙った獲物は逃さない主義でね。あれ以来、次は絶対お仕置きしてやると決めてたんだ——あの生意気なライオンの若造にも、教育的指導が必要だからな」

「せいぜいしっかり傷つけてよ。二度と生意気な口がきけないようにして」

つまらなそうにエドメが口を挟み、羨の顎を摑んだ。ぎらぎらした目は憎悪に染まっていて、爪が肌に食い込む。

「僕のこと馬鹿にしただろ。おまえごときが、偉そうに——黙って言うこと聞いてればいいのに、馬鹿なのはおまえのほうだ」

最後に思いきり頬を叩かれて、羨は諦めが湧いてくるのを感じた。これは天罰みたいなものかもしれない。身の丈にあった生き方をしろと、神様が示しているのなら、抵抗するだけ無駄だ。逃げたくてもどうせ、声も出ないのだ。もがいても結局は犯される。助けは二度と来ないし、もし逃げられても、この先、Ｄｏｍとのプレイからは逃れられない。

だったら誰が相手でも同じだ、と思うと、ひどくなげやりな気分になった。痛みで全身鳥肌が立っていることも、きっとひどいめにあうという予感も、吐きそうな忌避《きひ》感も、なんだか自分のものではないように遠く感じる。

（……もう、どうでもいい）

痛めつけられて死んでもかまわない。惜しい人生でもなければ、嘆く人もいないのだから。


連れ込まれたのはビルの一室、薄暗い、事務所のようなところだった。中に入るとオフィス机が二つと立派な木製のデスクがあり、パーテーションで区切られた奥は応接セットが置かれていた。その革張りのソファーに投げ出されて、羨の身体はだらしなく横たわった。

車に乗っていたのは二十分ほどだったが、ずっとグレアを浴びせられたせいで、痛みを通り越して、全身麻痺したかのようだった。シャツはボタンがすべて外され、コットンパンツも前が開けられて、性器が下着を押し上げているのがむき出しだ。ねじきるような強さでいじられた乳首はすっかり赤い。羨のその姿を満足げに見下ろし、越尾は脅すようにゆっくりと膝をついた。

「さあ、契約だ。今日は絶対に邪魔が入らないからな、俺が満足するまでお仕置きしてやる」

「僕、外でお茶でも飲んでくる」

エドメはつまらなさそうに踵を返した。

「動画ちゃんと撮っておいてよ。あとで使うんだから」

「わかってるさ。夜には高村と会うんだろう。もう行っていいぞ。今度相手をしてやる」

「……そりゃどうも」

どうでもよさそうに肩を竦め、エドメは一度振り返った。羨を見つめると憎悪に眉をひそめ、つけ加えた。

「そいつ、絶対泣かせてよね」

足音も高くエドメは出ていく。越尾は「だとよ」とにやにや笑った。

「ああいう気位の高いＳｕｂもきちんとしつけてやらないとな。だが、今日はおまえだ。恥をかかされた分もしっかりコマンドを入れてやる」

ずっしりとまたグレアがのしかかる。胸を強く圧迫されたように肋骨《ろっこつ》が軋み、本能的にもがくと越尾が手を掴んだ。わざとらしく音をたててキスしたかと思うと、指のあいだにぞろりと舌が入って、嫌悪感で視界が暗くなった。

「――――っ」

やっぱりいやだ。プレイはできない。たとえ羨になんの価値がなくても、受け入れられない。死んでもかまわないけれど、コマンドに従うことは――できない。

夢中で越尾の手を振り払おうとした途端、ガッ、と喉に衝撃がかかった。遅れて苦しさと痛みが襲い、呆然と男を見上げる。越尾は馬乗りになって羨の喉を締め上げていた。

「ぐ……っ、──っ！」

力は恐ろしく強く、気道が潰れて、息をしようとするとびくびくと喉が痙攣した。吸えない。苦しい。

「いいぞ、好きなだけもがけ。そのままＣＵＭだ」

しっかりケツを振れよ、と言う越尾の声がわんわんと響いて聞こえた。苦しくて苦しくて、意味など考える余裕はなかった。無理だ。絶対にできない。息ができなくて、きっとこのまま死ぬ。

（……ああ、でも、死んでもいいやって、さっき思ったんだっけ……）

どうしてもがいてしまうんだろう、とぼんやり思う。抵抗しないほうが楽で、コマンドに従うくらいなら死んでもいいのに。

「なにやってるんだ。さっさとコマンドに従え！」

焦れた越尾がさらに力を込めて締め上げてきて、手がだらりと床に落ちた。悪あがきみたいに気道が音をたてる。それを聞きながら意識を手放そうとしたとき、激しい物音が響いた。なにかがぶつかる音。落ちる音、倒れる音。喚《わめ》き声。

「なにやってる！」

越尾が怒鳴り、喉にかかっていた力が失せて、羨は咄嗟に背中を丸めた。ごほっ、と肺の底から咳が込み上げる。急激に空気の入った胸部が爛れるように痛み、幾度も幾度も咳《せ》き込むあいだに、越尾がうろたえた声を上げた。

「なんだおまえは——ここをどこだと思って、」

半端に言葉が途切れたかと思うと、彼は羨のすぐそばに尻餅をついた。ひぃ、と小さな悲鳴が聞こえ、羨は苦しい胸を押さえたまま、どうにか顔を上げた。誰かいる。

あったはずの衝立《ついたて》は薙《な》ぎ払われて倒れていた。向こうで床に押さえつけられているのはたぶん車を運転していた男だ。押さえ込んでいるのは黒いスーツ姿の、体格のいい男だった。その数歩手前にも、誰か立っている。磨かれた革靴から上へと視線を移動させ、羨は目を見ひらいた。

よく似合う三揃えのスーツ。薄暗い室内でも、金色のたてがみはまばゆく見えた。越尾を見下ろす紅い目は燃えるように烈《はげ》しい。片手をポケットに入れ、一見悠然として見える立ち姿だが、わずかでも動けば食い殺されそうな威圧感が漂っていた。

カツンと音をたてて一歩近づいてくると、越尾が怯えて尻餅をついたまま後ろに逃げた。

「こ、来ないでくれ……っ」

「警察は呼びませんでした。事情聴取には時間がかかると聞いたのでね」

越尾の懇願など聞こえなかったかのように、ライオンの——ライハーンの声は静かだった。

「あなたのような人間は司法で裁くのが一番ですが、罪状にはことかかないから逮捕は今日でなくてもかまわない。もちろん、社会的制裁はもう下されていると思ってください。あなたの大好きなDomクラブにはもう出入りできないし、高村良和も同様です。あなたをそそのかしたSubも、二度と許されることはないと理解しておいてください」

越尾が愕然とした顔でぱくぱくと口だけを動かす。信じられないようにライハーンを見上げ、羨を振り返り、醜《みにく》く顔を歪めた。

「Subなんか、いくらでもかわりがいるだろう……っ。なにも、こんなやつにこだわらなくたって、あんたなら、」

「物分かりの悪い人間に同じことを二度言う気はないんですよ、越尾さん」

どこか優美ささえ感じる声なのに、毒のように恐ろしく響く。越尾の顔はみるみる青黒くなり、もがくように前のめりになった。

立ち上がれないらしく、四つん這いのまま必死で事務所の出入り口へと向かっていく。もう一人の男を押さえ込んでいた黒服の男性が、かるがると襟首を摑んで、引きずりながら追いかけていった。

羨はまだ胸を押さえた格好から動けずにいた。目の前で起こったことがよくわからなくて、なにも考えられなかった。ゆっくりとライハーンが近づいてきて初めて、どうしよう、と焦りが湧いてくる。逃げなきゃ、と慌ててソファーを降りようとして、頬に触れてくる手にびくり

と竦んだ。

「大丈夫？　羨」

「……っ」

「追いつくのに時間がかかってごめんね」

顔を覗き込んで、ライハーンはせつなげに眉根を寄せた。もう大丈夫だよ、と囁きながら、乱れた髪を撫でつけてくる。声を出そうとすると咳き込んでしまい、そっと背中をさすられた。

どうして、とまだぼんやりした頭で思う。ここにライハーンが、いるはずはないのに。

荒い息をしながら窺うと、ライハーンはかるく首をかしげた。

「どうして、って思ってる？　羨に電話がかかってきて、店の外に出たでしょう？　なにかあるといけないから、兄のSPに頼んで、見張ってもらっていたんだ」

羨の隣に腰掛けた彼は、落ち着かせようとするように、ゆっくり背中を撫で続ける。

「だからロビーに下りて、エドメと会ったこともすぐ報告はあった。人目もあるし危険はなさそうだから見張っていてくれればいいと伝えたんだけど、羨がメモをフロントに預けてホテルを出たら、すぐに車に乗せられてしまった。それで、念のため待機してもらっていたジョシュにあとを追ってもらったんだよ」

「――ジョシュが？」

ようやく掠れた声が出た。

「SPは本来兄のものだから、好き勝手に使うわけにはいかないからね。兄の厚意で、結局彼にも来てもらって、手助けしてくれたよ。ジョシュはこういう仕事は向いてないってぼやいていたけど、ちゃんと目的地まで見失わないで追ってくれたから、最悪の事態にはならないだろうと思っていたけど……あの男は予想以上に最低だったね」

ごめんね、とライハーンはもう一度謝って、羨に顔を近づけた。

「怖くて苦しい思いをさせて、本当に悪かった」

触れられたのは首筋だった。絞められたせいでまだひりひりと痛む。息ができずに意識が遠のいた感覚が蘇り、羨は咄嗟に顔をそむけた。

「いいよ、平気だから」

「羨」

「べつに、助けてくれなくてよかったんだ。預けたメモも見たんだろ？　だったらもう、ライハーンには関係ない」

はだけたシャツをかきあわせ、立ち上がらなければ、と思ったが、気づくと脚が震えていて、力が入りそうもなかった。せめてライハーンには背中を向けたが、それだけの動作でひどい目眩がした。グレアを浴び続けたせいで、なかなか影響が抜けないのだろう。

「もう二度と会わないっていうのは、羨の本心？　エドメはきみを脅したと言っていたけど」

背中に静かな声がかかって、なんでも知ってるんだな、と笑いそうになった。

「本心に決まってるだろ。たまたまエドメに言われたってだけで——言わなきゃって、思ってた」

震える指を何度も握り直す。寒くてたまらないみたいに身体の芯が冷えていて、油断すると全身震えそうだった。

「あんたと別れるから、仕事も再開しないといけないし、あのスポーツ選手にも金をもらおうと思ってたよ。邪魔されたせいで台無しになったから、また探さないとならなくて、かえって迷惑だ。——会社に行って、依頼受けられますって、言うから」

がさついた声まで震えかけて、羨はできるだけそっけなく吐き捨てた。

「だからもう、ほっといて」

そう言って、引きとめられたら振り払うつもりだった。大嫌いだときっぱり告げて、それから服を直して、立って、ここを出る。

「羨が働いていた会社なら、もう辞めたことになっているから、行っても無駄だよ」

「——え？」

予想とは違うライハーンの言葉に思わず振り返る。ライハーンはどことなく決まり悪そうに頭をかいた。

「ずっと言いそびれていてね。初日に羨がクビになると怯えていたから、よくない企業なんじゃないかと疑って確認するために電話したんだ。案の定、後ろ暗いところがあるようだったたから、直接契約にしたほうが羨のためにもいいと思って、その場で辞めさせますと言ってしまった。おれの独断だから、働きたいなら仕事先は世話をするよ」

よかった、一瞬ほっとしかけて、羨はもう一度背を向けた。全然よくない。やっと見つけたバイト先をまた探すなんて最低だ。

「自分で、探せるからいい。あんたは余計なことすんなよ」

うまく動かない指でシャツのボタンをとめようとすると、脇から手が伸びてくる。

「だから自分ででき、……っ」

拒みかけた途端、そっと抱きしめられて、ざわりと胸が騒いだ。硬くなった羨の耳元に、ライハーンは鼻先を近づけた。

「聞かせてくれる？　どうしておれと別れたいと思うのか」

「……っ」

「おれの態度とか、したことで怒っているなら教えて。されていやなことは伝えてほしいと、前も言ったよね？」

優しいが、引き下がる気のなさそうな口調だった。腕はしっかりと羨をつかまえていて、捻《ねじ》れるように胸が痛む。やっぱり伝わってこない。ライハーンが今、どんな気持ちなのかが。

太い棘で掻き回されるような痛みに呻きそうになり、羨はきつく目を閉じた。

「わかんない、から」

「わからない？」

「——あんたが感じてること……嬉しいとか、怒ってるとか、もうわかんないんだよ。全然伝わってこないってことは、相性が悪いってことなんだろ。だったら、一緒にいるだけ無駄だ。——放せよ」

スーツの袖を摑んで引っ張ったが、ライハーンの腕の力はゆるまなかった。大きく息をつくのが、背中に響いた。

「そうか。だからさっき、ホテルですごく悲しそうな顔をしていたんだね」

肩に顎が乗せられて、たてがみが首や頬に触れる。気づいていたのか、と羨は唇を嚙んだけれど、ライハーンはどうしてか、少し嬉しそうだった。

「レストランに行く直前から、捨てられた子犬みたいだった。もう別れないとって思う理由がそんなことだなんて、羨は優しいな」

「——褒めたって無駄だ」

「大丈夫だよ。今感じ取れないのは、きっと一時的なものじゃないかな」

ライハーンはあやすように羨の身体を揺らす。

「エドメが来てからすごく不安だったんだろう？　たぶん、そのせいだと思う」

たいしたことない、とでもいうようなあっさりした口ぶりに、羨はかっとして身をよじった。

「なんでそうやって、なんでもわかってるみたいな顔ばっかするんだよ」

「そういうつもりじゃないよ」

睨みつけると、ライハーンはいっそう嬉しそうに微笑んだ。

「もちろん、羨の全部がわかるわけじゃない。共鳴能力は羨ほど高くないからね。でもわかることもある。たとえば、おれがエドメをグレアを使って追い払ったとき、羨まで怖いと思ってしまったこととか」

「——あれは」

べつにグレア自体に怯えたわけじゃない。けれどそれは伝えられなかった。なにが怖かったのかと問いただされたら——その先は、言えないことを言葉にしなければならない。

胸につかえてわだかまっている、たぶん言ってはいけない言葉だ。

ぐっと黙った羨の心を読んだように、「そうだね」とライハーンが呟いた。

「羨は怖くなんかないって思っているよね。でもあれ以来、きみはすごく口数が少なくなった。不安で戸惑って、言いたいことがたくさんあるはずなのに、なにを言えばいいかわからないみたいに」

「……、ちがう、」

「さっきは泣きそうな顔をしてた。兄とおれの話を聞きながら、食べるのも上の空で——あんな顔をさせたくないから、首輪も用意しておいたのに、全然喜ばなかったね。安心してもらうつもりでパーフェクト・ハーフだと言ったら、ものすごくがっかりしてた」

わずかに笑みを含んだライハーンの声から逃げるように、羨はきつく俯いた。わかる、というくせに、結局肝心なことがわからないライハーンが、心底嫌いだ。

「そういうこと言うから、一緒にいられないんだろ。パーフェクト・ハーフなんか、絶対いない」

「羨にとってはいないんだろうね」

そっと頭をもたせかけ、ライハーンは寂しそうに呟いた。

「きみは、おれが死ぬまできみを愛することを、信じられないんだよね」

「……違う。信じられないんじゃなくて、ずっと好きなんてありえないって、知ってるだけだ。あんたもそのうち、俺がパーフェクト・ハーフじゃないって気づいて、がっかりする」

「生涯愛しあって連れ添う夫婦もたくさんいるよ。でも羨は、愛情を返してもらったことがないから怖いんだ」

左手だけ離して、ライハーンが頭を撫でてくる。小さい子供にするみたいに、包むような撫で方だった。

「お母さんも、おばあ様も。あの継父もそうだ。本来きみを慈しむべき人たちに、大切にしてもらえなかったから、おれのことも、今は好きだと言っていてもすぐに飽きるって思ってしまうんだよね」

「……」

声が出なくて、喉だけが鳴った。

——彼の言うとおりだ。羨は、たとえ相手がＤｏｍでなくても、愛してくれる、と思えない。今まで愛されなかった人間が、急に大事にしてもらえるなんて、あるわけがないから。

「ねえ羨。でも俺は、きみが好きなんだ」

ひそやかに、ライハーンが囁いた。

「出会ってからはまだ二か月経たないけど、毎日一緒にいて、一度もきみにいやなところを見つけたことがない」

「——嘘だ」

生意気だし反抗的な性格なのは自分でもわかっている。可愛げがなくて、排他的な態度で、他人の親切だっていつも疑ってばかりだ。

「強がっているときは愛おしいし、照れてくれれば嬉しいよ。——知ってる？　羨は強がってつっぱねるときは『関係ない』って言って、照れているのを隠すときは『べつに』って言うんだ」

「……っ、な——、んだよ、それ」

言ってない、と睨もうとして、羨は目を見張った。至近距離でこちらを見つめるライハーンの紅い目が、思いがけないほどせつない色をしていた。

「言われるたびに、おれがどんな気持ちになるかも、羨に伝わればいいのにね」

手のひらで包んだ頬を、彼は愛おしむ動きで撫でた。

「きみを知るほど、大切にしてあげたい、守ってあげたいと思うんだ。寄り添って、きみが少しでも安心してくれたらいいと、そればかり願ってしまう。きみが少しでも心を許してくれると、天にも昇りそうな心地になるって――羨も気づいていただろう？」

「それは……――」

羨は困って視線を泳がせた。たしかに、ライハーンはいつも幸せそうだった。彼から溢れていた、甘く心地よい幸福感を思い出すと、きゅっと心臓が疼く。

「初めて会った日に、羨がおれとのプレイを仕方なく承諾したときも、すごく嬉しかったよ。トラウマになるくらいつらい経験があって、なにもかも警戒しているのに、大切なことは全然知らなくて……それでもちゃんとおれを受け入れてくれたときから、きっと最後はこうなると思っていた。羨が、おれのパーフェクト・ハーフだって」

紅い瞳が羨を見つめて、常よりもさらに愛おしそうに煌めいた。

「それは存在しない幻かもしれない。誰にも、それが本当の運命的な絆かどうかなんて、証明はできないよね。でも、おれがおれのパーフェクト・ハーフを決めることはできるよ」

「……決める？」

「ああ。もう羨以外は必要ない。唯一の人だから、たとえきみがほかのＤｏｍを選んでも、ひとりで生きていくことを選んでも、おれは生涯羨のものだよ」

なめらかであたたかい声が、迷いなく言葉を紡ぐ。

「いつかこの先――たぶん絶対ないけど、きみとプレイしても人間の顔に戻らなくなったとしても、きみが愛してくれなかったとしても、おれからはすべてを捧げる。……もちろん、羨がおれの感情をいっさい感じ取れなくなったとしても、だ」

ふわりと浮き上がるような心地がして、羨はライハーンを見返した。豊かな黄金色のたてがみの、ライオンの顔。ほんのわずか首をかしげるようにして、綻ぶように笑う。

「愛しているよ、羨」

「……ライ、」

名前を呼びかけ、それだけでどっと涙が溢れた。みっともない、と思う余裕もなく、だらだらと頬を伝わらせて、ライハーンの腕を握りしめる。

どうして。なぜ彼はいつも、羨の弱いところばかりを暴くんだろう。一番触れてほしくない場所を、ずるいくらい優しく撫でるんだろう。

「なんで……なんで、そんなに甘やかすんだよ」

「好きな人のことは甘やかしたいタイプなんだ」

「普通は怒るだろ……逃げたりして、全然あんたの思いどおりにならなくて……大事にしてやったのにって、き……嫌いに、なるだろ」

羨ならこんなやつは好きにならない。なのにライハーンは、愛の告白でも聞いたみたいにうっとりと目を細めた。

「不慣れで意地っぱりなところも愛してるよ。きみの過去のせいだと思うと悲しいが、それも含めて包んであげたいし、誇らしくもなる」

「――誇らしい？」

「だって、きみがこんなふうに感情をぶつけてくれるのも、誰よりも心を許してくれているから。おれを、好きでいてくれるからだ。逃げ出そうとするのも、好きだから。好きだからこそ、不安なんだよね。――おれには、ちゃんとわかるよ」

「――」

「わかっているから、声に出してもいいんだ」

いいんだ、と言われた途端、パン、となにかが身体から弾け飛ぶ錯覚がした。勢いよく全身に熱いものが巡り、芯から震えが湧き起こって、羨は顔を歪めた。

嵐みたいだ。ずっと抑えつけてきた嵐。見ないようにして、ないことにしてきた、たくさんの感情。十二歳のころから、決して言葉にはできなかった願い。

半ば無意識にライハーンにしがみつくと、掠れた声が喉を焼いた。

「き……ら、いに、」

「うん」

「……っ、きらいに、なんない、で……っ」

子供のようにしゃくり上げて、たてがみに濡れた顔を埋める。おねがい、と声が出てしまうのを、とめることはできなかった。

「きらいに、なんないで……」

母が好きだった。綺麗で、いつも頑張っていて。祖母が好きだった。誰にでも優しくて、親切で、いつもお菓子を買ってくれた。良和が好きだった。みんなに羨ましがられるくらいかっこよくて、母にも羨にも優しくて。

だから嫌われずにいたかったけれど――一度も言えず、報われることもなかった。

「嫌いになったりしないよ、羨」

しっかりと羨を抱きしめ返したライハーンは、伏せた羨の頭に口づけを落とす。

「きみがそんなふうに望んでくれるのを、ずっと待っていたんだ。――ありがとう。怖いだろうに、頑張ってくれて嬉しいよ」

二度、三度とキスを繰り返し、抱きしめる腕の強さが増した。

「きみはとてもいい子だね」

ぽろりと最後の強張りが落ちていき、羨は力を抜いた。というより、もうどこにも力が入らなかった。ずるりとすべりかけた羨を、ライハーンがわかっていたかのように支えてくれる。立ち上がる彼に抱き上げられ、羨は涙で焼けた目を閉じた。

ホテルのスイートルームに戻ると、シリオンだけでなく、ジョシュも一緒に待っていた。抱き抱えられた羨に、ジョシュが「よかった」と泣きそうな顔をする。

「羨さんが戻ってきてくれなかったら、僕ではとてもライハーン様を励ますことはできないと思って気が気じゃなかったんですよ」

「……ジョシュにも迷惑かけて、ごめん」

まだ整わない息をつきながら、羨は濡れた股間を気にした。コットンパンツにまで染みてしまうことはないだろうが、つい今しがた、エレベーターの中で、LOOKのコマンドを出されて、キスされながら達してしまったばかりだった。身体の震えがとまらず、脱力した状態からなかなか戻れない羨が飢えた状態にあると察したライハーンが、楽になるようにと極めさせてくれた、のだが。

「いいんですいいんです。スパイ映画みたいでちょっとだけ楽しかったですし、羨さんさえ戻ってきてくれれば頑張ったのも報われますから」

ジョシュは少し興奮しているようで、笑顔を見せたかと思うと、羨を見つめて感嘆するようなため息をついた。

「あいつが脅してくるくらいは想定内でしたが、重要なのは羨さんの気持ちですからね。ちゃんと戻ってきてくれるか、この一時間はずっとハラハラしてたんですよ。ライハーン様がついに、ようやく！　首輪と指輪を用意する気になったたっていうのに、別れてしまったらどうしようって、心配で心配で。あ、お茶でも運んでもらいましょうか。お疲れでしょう？」

「ジョシュ」

苦笑したシリオンがジョシュの肩に手を置いた。

「羨に必要なのはお茶ではなさそうだよ。見なさい、ライハーンの顔」

ライハーンの？　と羨もつられて見上げると、ライオン頭でもそれとわかるほど、彼はむっすりと不機嫌だった。

「いやあ、すみません。ジョシュが焦ったように両手を振る。

僕もついはしゃいでしまって。でもお邪魔ですよね。ちょっと下のラウンジにでも行ってきます」

「ぼくもジョシュとお茶を飲んでくる。マスターベッドルームを使いなさい、羨がくつろげるようにね」

シリオンはウインクをしてジョシュの背中を押した。すれ違いざま、羨には「時間は気にしなくていいよ」と微笑みかけてくれ、羨は赤面しながら小さく頭を下げた。以前のような屈辱感はないが、やはり性的に昂っていると悟られるのは恥ずかしい。

「べ、べつにお茶くらい飲んでもよかったのに」

ドアが閉まる気配を遠くに感じつつ呟くと、ライハーンが頭のてっぺんにキスしてきた。

「だめだよ。まだひとりではちゃんと立てないくらいなんだから、しっかり飢えを満たさないと」

「立てるってば。具合は悪かったけど……そ、そんなに飢えたりとか、してないし」

そう言っても、ライハーンは寝室のドアを開けてしまう。羨は首を横に振った。

「せめて、手だけ洗わせて」

「手？」

「……あいつに、キスされて、舐められたから」

瞬間的にライハーンの表情が険しくなって、彼は向きを変えた。バスルームまで連れていって羨を立たせ、洗面台でたっぷりソープを出すと、羨の両手を洗ってくれる。

「ほかには？　どこも汚されてない？」

「……平気。触られただけ」

「だけじゃないだろう。首、まだ跡が残ってる」

勢いよく出した水で泡を流しつつ、ライハーンは唸った。

「やっぱり殴っておけばよかったな。あんな人でなし……」

「いいってば。暴力なんてライハーンぽくないし、俺も好きじゃない」

自分でタオルで拭いてみせ、羨はライハーンのスーツの裾を引いた。

「いやならシャワー浴びるから、出ててよ」

「――先にベッドがいいよ」

ふっと目の色を濃くして、ライハーンは再び羨を抱き上げた。今度は尻から持ち上げて肩に乗せられる格好で運ばれ、大きなベッドに座らされる。彼がスーツのジャケットを脱ぐ音でじんと耳が痺れて、目の前に跪かれると、おかしいくらい心臓がどきどきした。

思わず視線を逸らしてしまい、下からそっと頬を包まれる。

「羨。どうして緊張してるの？」

「……だっ、て――なんか、その、」

腰のあたりがそわそわする。発情しているのとも少し違う、でもよく似た不思議なざわめきが、羨を落ち着かない気分にさせた。

「……その、うまくできるかなって……ライハーンのこと、全然わかんなくなったのに」

「大丈夫だよ、おれを信じて。さっきのコマンドでちゃんと達けただろう？」

「――でも」

言い募ろうとすると、ライハーンは恭しい仕草で羨の手を取った。どくん、と大きく心臓が跳ねる。まさか。

「改めて頼む。……羨、結婚してくれる？」

「……ライハーン……」

甘く苦しいざわめきを覚えながら、羨は見つめ返した。握られた手から、体温とライハーンの感情が流れ込んでくる。愛しさ。撫でてキスして、慈しみたいと思っていること。わずかでも羨が傷つかないか、不安ではないかと案じる気持ち。

（――あ。わかる……）

やわらかな手触りを錯覚するほどはっきりと、ライハーンの感情が感じられる。安堵に肩から力が抜けると、今度はせつないような喜びが身体の真ん中を焼いた。

嫌いにならないで、と羨は言ってしまったのに、まだ彼は案じてくれているのだ。すがったのだから当然、結婚という新しい契約も受け入れるはずだと思ってもいいのに、ライハーンはそうしない。

そういうところが好き、とすんなり思えて、羨は俯くように頷いた。

「う、うまく……続けられるか、わかんないけど」

「大丈夫だよ。羨はなんでも上手だ。――ありがとう」

ほっとした声を出し、ライハーンはポケットから指輪を出した。そっと手渡され、嵌《は》めてほしいのだとわかって、羨は小さなわっかをつまんだ。他人にどころか、自分でも指輪なんてしたことがない。迷うと、「ここだよ」と左手の薬指を示され、たどたどしい手つきで根元まで嵌めた。

満足そうにそれを眺め、ライハーンは羨の手の甲に口づけた。

「次は羨の番だ。服を脱がせてあげよう――ＬＯＯＫ」

ふわりとグレアが包み込み、羨はコマンドどおりに彼を見つめた。胸がどきどきする。何度も出されたコマンドなのに、初めて言われたみたいに喜びが込み上げてくる。

視線をあわせて微笑し、ライハーンは羨のシャツのボタンを外していく。カーディガンを脱がせ、シャツを脱がせ、仰向けに横たわらせてウエストのボタンを外す。コットンパンツのあとは靴下を脱がされ、最後に下着をずらされると、羨の分身がぷるりと揺れた。エレベーターの中で射精したせいで湿っていて、外気に触れるとひんやりと感じる。だが、張り詰めてしまったときの感覚はなく、羨はつい下半身に目をやった。

性器は反応はしていたが、半端な勃ち方だ。いつもと違う、と思うのと同時、「ＬＯＯＫ」と優しく促された。

「目を見て、羨。おれが脱ぐのを手伝ってくれる？」

「……わ、かった」

じゅっと腹の中が濡れる錯覚がして、羨は違和感も忘れてライハーンのベストに手を伸ばした。自分でネクタイを外しながらライハーンはキスしてきて、羨はまぶたを震わせた。くちゅくちゅと唇の内側を舐め回されて、甘ったるく意識が霞む。達っちゃう、と感じてこらえようとして、波のような快感に呑み込まれて背中がしなった。

「……っ、は、……っぁ、……っ」

喘ぎ、ゆるく腰を振りながら、羨は呆然とした。達った。けれど、射精のときの、性器を貫く感触がない。下半身を中心に生まれた熱がゆっくり指先まで広がって、絶頂の感覚が尾を引く。――この感覚は。

「一度射精しただけなのに、もうドライで極めてくれたの？」

シャツを脱ぎ去って厚みのある胸を見せながら、ライハーンが微笑んだ。

「嬉しいな。ドライなら何度でも達けるからね、今日はたくさん、羨を天国に連れていってあげられる」

「ドライって……うそ、」

「自分で触ってごらん？　精液は出てないよ」

笑って促され、羨はそこに触れてみた。先端はぬるついていて先走りがこぼれているとわかったが、目を向けても白濁はどこにも飛び散っていない。

「射精が好きなら、あとで出させてあげる。ドライで達ってすぐに射精するとすごく気持ちいらしいよ」

「い……、いよ、べつに、……っ」

セックス自体が苦手だと思っていたくらいだ、射精欲はもともと強くない。だが、ドライオーガズムばかりなのも、少し心配だった。

ライハーンは悠々とベルトを外し、ボトムスも脱いでいきながら「大丈夫だよ」と言う。

「前も言ったけど、Ｓｕｂがドライで達く回数が増えるのは、それだけＤｏｍを信頼してくれている証拠だ。あのときの羨もとても可愛かったけど、今日はもっと気持ちよくなれるよ」

「もっとって……無理だよ……」

あの日だって困るくらいの喜びだった。なのにライハーンは自信ありげに目を細めてみせた。

「無理じゃない。おれがきみを、抱くんだから」

「つ、ライ、ハ、……っ」

彼が手にしたのは首輪だった。吸いつくような肌触りの革が喉元にあてがわれ、びくんと全身が震えた。

「うつ伏せになって。後ろで金具をとめるからね」

ライハーンの囁きに従って身体を反転させるだけでも鼓動が速まり、羨は唇を噛んだ。そうしないと涙がこぼれそうだった。苦しくない程度のゆとりをもたせて後ろで留め金をかけられると、耐えきれず尻が持ち上がった。

「……っ、……ふ、……っ」

華奢だが存在感のある革が肌に当たるのが、思いがけないほど心地よかった。締めつけないが、ぴったり吸いついてくる。あるべきものをつけたような感覚だった。触れているのは首元だけなのに、全身の肌を優しい膜が包んでいくようで、甘くて少しくすぐったい。

まるでライハーンに撫でてもらっているみたいだ。もどかしいほど優しくて、羨をすべてから守ってくれる。その実感は安堵だけでなく、たまらない快感を呼び起こして、数秒ともたずに絶頂が訪れた。

「……っ、は、……っ、……ん、」

「ああ、また達ったの？　羨は本当に素直だね」

悶えた羨とシーツのあいだに両手を入れ、ライハーンは胸を包んだ。指で胸筋をやんわりと掴み、揺らすように刺激してくる。

「――ッ、あ、……っ、あ、あっ」

さざなみのように快感を生む胸の周囲と、痛いほど感じる乳首が両方刺激され、火がついたみたいに身体が熱くなった。相変わらず勃起しきらないままねっとりと腹の中が疼きはじめて、羨は声を絞り出した。

「だ……め、また、また……っ、いっ、ちゃ、……ッ」

「達ってごらん。キスしてあげるから」

うなじに顔を埋め、ライハーンは囁いてくる。首輪ぎりぎりの位置に唇が触れ、強く吸い上げられて、羨は声もなく背を丸めた。

「――――ッ！」

びくん、びくん、と身体が揺れる。痺れるくらいの熱が下半身を覆い、性器からぽたぽたと雫《しずく》が落ちた。射精の代わりに汁だけが漏れているのだ。もどかしいような、それでいてこれ以上ないような快感だった。挙句に、それが長く尾を引いて、弱まったかと思うと、また達したみたいに昂った。

（すごい……ほんとに、前より、きもち、い）

耳まできぃんと痺れている。ぐたりとつっぷして喘ぐ羨の胸に触れたまま、ライハーンが嬉しそうに笑った。

「気持ちよくなってくれてよかった。でも、これからもっとよくなるよ」

「……これ、より……？」

「まだつながっていないだろう？」

くりくりと乳首を刺激し、ライハーンは動けない羨の身体を仰向けに戻した。脚を広げさせ、ボトルからたっぷりと潤滑液を手に取って、へそに口づけてくる。

「羨の一番奥は、まだもらってないからね。今日はこのあたりまで――」

ざらりとしたライオンの舌がへそをくすぐり、恥毛のほうへと舐め下ろした。下腹の真ん中あたりで舌をとめると、ちゅ、ちゅ、とキスを繰り返す。

「全部、おれのを入れるよ」

ちらりと色気を含んだ視線を投げかけられ、羨はぞくぞくと背筋を震わせた。ということは、これまでライハーンは、完全に挿入することなく抱いていたのだ。

「今までは慣れてない羨に無理をさせたくなかったからね。でも、もう大丈夫だ。――違う？」

ねっとりと濡れた指が窄まりを押す。反射的に襞がゆるんで迎え入れるのを感じながら、羨は泣きそうになってかぶりを振った。

「わ、わかんない……っ」

「わかるよ。きみのここ、おれの指を全然拒んでいないよね？」

なんの抵抗もなく根元まで中指が埋め込まれていく。ほら、とゆすられるときゅんと吸いついてしまい、ぁあ、と声が出た。

「わか、んな……けど、……っ、あ、変……っ」

奥が、いつもよりもさらに強くむずむずしていた。腹や胸どころか、太腿までじんじんと疼いて、身体は気づけば汗ばんでいる。すぐにでも達きそうだ。指にかきわけられた内襞は熱っぽく蕩け、抜き取られると喪失感で震えが走った。ライハーンは窄まりを撫でた。

「入り口までふわふわにやわらかくなってる。指を三本入れてみるよ」

「待っ……、ぁ、……ぁ、あ……ッ」

達きそうだから、と訴えたかったのに、ライハーンは本当に指を揃えて差し入れてきて、ごつごつした異物感を感じた途端、びぃんと振動が襲った。

気が遠くなるほどの、深い、強い絶頂。

「あ……っ、……ぁ、……っ」

「気持ちがいいね、羨」

瞳の紅をいっそう深い色にして、ライハーンが舌を出した。とろとろと透明の汁をこぼす性器を愛しげに舐められ、羨は絶頂の感覚から戻れないまま、さらにに背をしならせた。

「――ッ、ぁ、あ、あ……っ！」

気持ちよすぎる。すでに何度達したかわからないのに、いくら達しても快感が弱まらず、いつまでも身体から抜けていかない。

「や……っ、あ、また、い……っ、ん、……ぁ、あ！」

挿入した指をかるくゆすられてまた達し、羨はかぶりを振った。ライハーンはゆっくりと指を抜き、濡れたままの手で太腿を撫でた。

「大丈夫だよ。連続で極めてしまうくらい気持ちがよくなってもいいんだ。我慢しないで感じてくれたほうが、おれだって嬉しい」

「で……も、」

あと数回達したら、たぶん気絶してしまう。まだつながってもいないのに、と考えたのが伝わったように、ライハーンは羨の脚を押しひらいて微笑んだ。

「気絶してもいいけど、つながろうね。羨のここ、最初から欲しそうにしてくれてたから」

ぴたりと熱いものが窄まりに触れる。みっちりと張りつめたライハーンの性器を見ると、ひくひくと腹が震えた。ただあてがわれただけなのに、そこからどろりと溶けてしまいそうだ。

ゆっくり腰を動かされると、太く硬い雄が入ってくる。

「は……っ、ぅ、」

「すごいな。おれまで溶けそうだ」

静かに挿入していきながら、ライハーンがわずかに息を乱した。熱い、と呟く声にじんわりと耳が痺れ、羨は深い安堵に包まれた。ライハーンも興奮しているのだ。初めて覚えたその実感は、予想しない強さで羨を揺さぶった。

「……ラ、イ……っ」

「ああ、どうして泣くの？　嬉しいのに」

奥へと挿入するのを中断し、ライハーンは手をついて羨に顔を近づけた。ちゅ、ちゅ、とあちこちにキスが降る。

「安心したら涙が出るなんて、羨は本当に――ひとりにできないな」

「だ……、って、……っ」

羨も、どうして涙が流れるのかわからない。すすり上げてとめようとしても、ぽろぽろとこぼれていく。ライハーンは目尻にもキスして頭を撫でてくれた。

「いいよ、好きなだけ泣きなさい。そのかわりコマンドをひとつ出すよ。――ＨＵＧ」

聞いたら、またぼうっと目が熱くなった。こんな甘やかしのコマンドを使うのは、世界中探したってライハーンだけだ。

「羨？　ぎゅっとされるの好きだろう？」

優しくライハーンが促した。うん、と小さく応え、羨はぎゅっと首筋に抱きついた。

「好き……、ハグ、好き」

「FAWN ON」

またコマンドだ。聞いたこともない単語だが、意味はわかった。——甘えて、だ。

嗚咽《おえつ》とも喘ぎともつかない息を漏らし、羨はライハーンに頭をすりつけた。

「ぎゅって……、ぎゅって、して」

「もうしてるけど、もっと？」

ふふ、と笑ってライハーンが抱きしめ、髪を梳いてくれる。いい子だね、と囁かれると喜びが全身を巡り、あちこちで甘く光がはじけた。

「ん……っラ、イ、……ぁ、……あっ」

すごく気持ちがいい。しっかり抱きしめられて、中には彼を受け入れて、大切に甘やかしてもらっている。

「そんなに喜んでくれるとたまらないな。——動くよ？」

「う、ん……あ、あ、……ッ、ん、ぁ……っ」

ずくん、ずくん、と、ゆったりしたリズムで動かれて、行き来する雄蕊《ゆうずい》の感触に眼裏が赤く染まった。重たくて太いのがいい。ライハーンの熱い分身は、羨を身体の内側からあやすかのようで、硬い切っ先が奥壁にぶつかると、どっと蜜が溢れ出す錯覚がした。

「——つぁ、あ、…………っ！」

抱きついたまま羨は達った。ひくひくと尻も腹も震わせ、全身に広がる感触を味わう。頭の中も手足も、あたたかくて甘い液体で満ちているみたいだ。快感は波のように、弱くなったかと思うとまた強まって、三度めの大きな波に呑み込まれるとすうっと力が抜けた。

はあはあと荒い息が遠く聞こえる。じっと見下ろすライハーンが顔を撫でてきてはじめて、自分の呼吸だと気がついた。

「夢でも見てるみたいな顔をしてるね。すごく綺麗だ」

優しく煌めく瞳が嬉しそうで、きゅうん、と胸が締めつけられた。痛い、けれどこれは、悲しいわけじゃない。

「うれ、しくて……」

「おれも嬉しいよ。コマンドで羨が幸せそうにしてくれたからね」

指を絡めて手をつなぎ、ライハーンは首輪に口づけてくる。そうしながらあいている右手で羨の左脚をぐっと持ち上げた。

「そのまま蕩けていて。奥まで入れる」

低くかすかな声で言われ、羨は収められた彼の分身を意識した。まだ硬い。羨が幾度も極めるあいだ、一度も達していないそれが、ぐり、と奥壁をえぐる。

「……は、……、ぁ、……っ」

鈍痛と同時に響くような快感があって、どっと腹の奥が熱くなった。すでにねっとりと熱くなっていたのに、それ以上があるのだ。やぶれちゃう、とわけもなく思った直後に、びしりと割れるような衝撃が襲った。

「――ッ、あ、……ぁ、ぁ、あッ」

知覚したことのなかった腹の深い場所が、痺れるように感じた。せまい場所にまで、ライハーンが入り込んでいる。ずず、とさらに押し込まれれば喉まで貫かれたようで、びゅうっと性器が液体を吐いた。

「あ、あ、……ぁ、あ、あ……っ」

達するとも、粗相するともつかない放出感。ライハーンはぐっと身体を起こし、羨の股間を見下ろして目を細めた。

「潮《しお》噴きしたね。奥、気に入った？」

「……っ、あ、う、うごかな、……あ、あ、あッ」

ごり、と異物がせばまった場所を行き来し、羨は仰け反るようにして悶えた。壊れたみたいに下半身が痺れ、幾度も幾度も透明な液体を噴いてしまう。自分ではコントロールできないまま漏らすに近い感覚は、けれどたしかに強烈な快感があって、ぬぽぬぽと狭隘《きょうあい》を穿たれる感覚とあいまって、羨を否応なく絶頂へと追い上げた。

「――ッ、……っ、……っ！」

達った、のに、ライハーンは動くのをやめなかった。羨の腰を摑み、狙いを定めて奥を攻め立てる。

「LOOK、羨」

ほとんど達したままで戻ってこれない、とわかっているはずなのにコマンドを出され、羨は焦点のあわない目を向けた。

達っている最中も、彼は見つめてほしいのだ。羨に見つめられ、羨を見つめて、互いの目の中に強い喜びが溢れているのを確かめたいのだ。

これ以上の歓《よろこ》びがあるだろうか。

まばたいて懸命に見つめ、いつのまにか彼が人の顔をしていることに気づいた。痺れた頭で一瞬、まだ達していないはずなのに、と思ったが、優しい紅い目が煌めいているのを意識すると、些細な疑問は溶けて消えた。同時に悟る。蜜のように身体に満ちている甘さも、挿入されてたまらなく気持ちいいのも、潮を噴く心もとないような快感を覚えたことも、余さずライハーンに伝わっている。首輪に感じた安堵も、コマンドを嬉しいと思う気持ちもだ。

それを知って、ライハーンは目眩がするほどの幸福感の中にいる。

彼が幸福だと思うと、身体中の肌が愛撫を受けたようにさわめいた。

「ライハーン……」

こんなに、つながっている。

ライハーンと自分は、同じ喜びをわけあっている。

「羨。――愛してるよ」

ライハーンが手を伸ばして目尻に触れた。さっきまで濡れていたそこは、新しい涙をこぼしていない。

「もうわかるんだね。おれが誰より、きみを愛してるって」

「うん……ライハーン、好き」

自然とそう呟くと、音になったその響きがいとおしくて、羨は繰り返した。

「好き……ライハーンが、すき……好、き」

「おれもだよ。大好きだからね」

きゅっと手をつなぎ、ライハーンは動くよ、と微笑んだ。

「奥でつながって、そのまま二人で達こう。――LOOK」

うっとりと、羨は彼を見上げた。腰から下はじんじんして、自分のものではないみたいに動かない。でも、あけわたした腹の中をライハーンの一部で満たされているから、不安はなかった。このまま、痺れたままでもいい。

羨を蕩けるような眼差しで見つめ、ライハーンは律動を再開した。ぬっ、と一度浅い場所まで抜けたかと思うと、再び最奥まで収め、今度は揺すり上げるように腰を使う。

「つふ、……ぁ、……ん、……っ、あ、……あっ」

揺さぶられるのにあわせて、甘い声が溢れる。普段よりまろやかなその音に、ライハーンの分身がぐっと大きさを増した。

「……っぁ、あ、お、おきく、な……っぁ、あっ」

「きみが可愛いからだよ。この前抱いたときだって、これ以上ないほど愛おしいと思ったのに、羨にはまだまだ、おれの知らない可愛い一面があるね？」

「……っぁ、……っ、お、重た、……っん、ぁ、あっ」

ずんと腹の奥までライハーンが来る。突き潰される感触にぱっと意識が真っ白になり、羨はライハーンを見つめたまま達った。

「また潮を噴いて……こんなにおれに吸いつくほど気持ちよくなってくれるなんて、信じられないくらいだ」

ライハーンの深い声に、ぐちゅぐちゅと水音が重なる。今までよりも大胆に動かれると、ぞくぞくとした震えと鈍い衝撃とが同時に襲って、身体だけでなく意識もぐらぐらと揺れた。気持ちいい。考えられない。でも嬉しい。なにも見えないのに、ライハーンの紅い瞳が、愛情を込めて見つめてくれているのを感じる。おなかが熱い。たぷたぷと液体が満ちていて、けれどもっともっと、満たしてほしい。

「……っラ、……イ、……っ」

「――羨、」

ほんのわずか苦しげにライハーンが呼び、ひときわ情熱的に穿たれる。肉棒と自分の襞とが

絡まりあうようにこすれ、燃え上がるような快楽を高まらせていく。羨は逆らわずにすべてを委ねて、限界まで高まった波が崩れ落ちるのを待った。

「ライ、……、……っ、————っ！」

来る、と感じたのと同時に呑み込まれ、すうっと視界が白く染まる。びくびく震える身体の感覚はひどく遠いのに、出された精液が粘膜を伝うのははっきり感じ取れる気がして、羨は笑みを浮かべた。愛されている。それだけではなく、自分もたしかに、彼を愛している。


二月の末、夕刻——。

車を降りた途端に冷たい空気が二人を包んで、ライハーンが首を竦めた。

「やっぱり、三月になってからにすればよかった」

「桃田さんが、三月もまだ寒いって言ってたじゃん」

冬になって初めて知ったのだが、ライハーンは寒さに弱い。軽くてあたたかいコートに身をつつみ、マフラーもつけて車を降りたのに、いかにも寒そうに身体を縮めていた。それでも先に立って玄関の鍵を開け、ドアを開けながら羨を振り返った。

「約束どおり、こたつというのでいちゃいちゃさせてくれるんだろうな？」

「たぶんライハーンはこたつ好きだと思うよ」

ライオンもネコ科だしね、と心の中だけでつけくわえ、こころなしかたてがみまで窄まって見えるライハーンに笑いかけてから、羨は約四か月ぶりの和香の家に足を踏み入れた。

まだ残暑の厳しかった九月のことが、遠い昔のようだ。あれから密度の濃い時間がはじまって、十月の半ば、羨に首輪を贈ったあと、ライハーンはもらう遺品をひとつ決めた。

意外な選択に驚く間もなく、急遽《きゅうきょ》一緒にアメリカへと向かうことになって、そこから先のなんと目まぐるしかったことか。

ライハーンはニューヨークの自宅で会社での準備をすませると、普段の仕事はどこででもできるからと、羨を連れてアスティーラに行き、年末年始はそこで過ごした。一月半ばにはイタリアへ行き、ライハーンの祖父とも会ったあとでまたニューヨークに戻って、今度はアメリカの彼の友人や知り合いとたくさん会って――。

「羨？」

玄関に立ち止まったまま動かない羨を案じて、後ろからライハーンが抱きしめてくる。なんでもないよ、と羨は首を横に振った。

「ただ、九月からこの半年間、すごかったなと思って」

「忙しくさせたから疲れただろう。今日から一週間は二人きりでゆっくりしよう」

ちゅ、と耳にキスしてライハーンが電気のスイッチを押す。照らし出された室内は、思ったよりも変化がなかった。傷《いた》みがあった床は綺麗にリフォームされているのと、セキュリティのパネルが追加されているくらいだろうか。見慣れた室内があたたかく迎えてくれているようで、ほっと心がなごんだ。

「せっかく和香さんの家をもらったんだから、もう少しは和香さんとの名残を惜しんで、面影を残しておこうと思ってね」

羨の視線を追って、ライハーンが微笑んだ。

「家具は羨が選んでくれたのが揃っているはずだよ。食糧やコーヒーも、二、三日分は先に入れてもらった」

そっと背中を押されてダイニングキッチンに向かうと、真新しい小さめのテーブルと椅子、最新の設備になった調理台が目に入る。おいしく淹れられるとすすめられたコーヒーマシンもちゃんとあって、誰が持ってきてくれたのかな、とちょっとだけ思った。ジョシュが合流するのは一週間後だ。「ライハーン様がどうしてもいちゃいちゃしたいと言うから仕方なくですよ」と疲れた顔をしていたので申し訳なかったけれど、彼でなくても、こんな雑事をやっておいてくれる人がいるのだ。

「コーヒーはおれが淹れよう。せっかく練習したしね」

ちゅ、と今度は頬にキスして、ライハーンはコートを着たままコーヒーマシンに歩み寄った。

「じゃあ俺はリビングの暖房入れてくる。こたつもスイッチ入れておくから、コーヒー持ってきてくれる？」

「もちろんだよハニー」

「ハニーはやめろってば」

笑ってダイニングキッチンをあとにして、羨はひとり赤くなった。好きだな、と感じる。その気になればなにひとつ自分でやらなくてもすむ立場なのに、ライハーンは羨といると、なんでもしてくれる。コーヒーを淹れるだけじゃない、最近は料理をふるまってくれることもあるし、羨にだけ家事を負担させたくないと、掃除機や洗濯機の使い方、風呂の洗い方も覚えたのだ。

すべてはここ、日本の、和香の家で暮らすためだった。

ライハーンは形見として、この家を選んだ。遺言どおりひとつしか選べないからと、家財道具はいっさい処分し、室内はリフォームをするため、そのあいだは羨も一緒に海外で過ごしていたのだった。

リビングには新しく応接セットを入れ、真ん中にはこたつを置いてある。普通より少し高めで、ソファーに座ったまま足を布団に入れられるタイプだ。暖房とこたつのスイッチを入れて、羨はコートを脱いだ。ほどなくライハーンがマグカップをふたつ持ってきて、さっそくこたつに足を入れる。

「なるほど、あったかいな」

「あったまってくると足がぽかぽかして気持ちいいよ。出たくなくなってうたた寝しがちだけど、風邪ひくから気をつけて」

向かいに座ろうとすると、ライハーンは首を振って手招きした。

「羨は膝に座ってくれ」

「……そしたらこたつが堪能できないじゃん」

顔をしかめてみせたものの、ライハーンが折れる気配がないので、羨は隣に座ってぴったり寄り添った。これでいいだろ、と呟けば、ふわりとライハーンが喜ぶのが伝わってきた。背中に手が回り、髪に、こめかみにとキスされ、仕方なく顔を向けると待っていたように唇を吸われる。嬉しげに紅い瞳が細まった。

「だいぶ慣れたね」

「――ライハーンが毎日くっついてくるからだろ。よく飽きないよね」

ちろっと横目で睨んだが、それさえライハーンを喜ばせるだけだ。素直な反応が嬉しいのだという。

「飽きないよ。羨はおれのパーフェクト・ハーフだもの」

「……その単語も、大嫌いだったのに聞き慣れちゃったよ」

羨はライハーンに寄りかかった。まだ室温が上がりきらないから、体温がいつにもまして気持ちいい。ライハーンはもたれた羨の肩を抱き、ゆっくりと撫でた。

「大切なことだから、何度口に出してもいいだろう？　——兄と会ったときに、和香さんの遺言と一緒に渡された手紙の話をしたのを覚えてる？」

「……うん」

エドメから電話がかかってくる直前の話題だ。結局、聞きそびれてしまった。

「予言みたいなことが書いてあったって、言ってたやつだよね」

「うん。おれが最後に彼女に手紙を送ったのは三十歳の誕生日の前で、もうすぐ歳を重ねるけど、いまだに和香さんに紹介できるような生涯の相手には出会えませんと書いたんだ。立場上結婚はするべきだろうし、したいとも思っているが、この人なら選びたいと思ったことがない。相手を見つけたら和香さんにも会いに行きたいと伝えた返事が、彼女の手紙にあった」

ライハーンは懐かしそうな目をして、羨の顔を覗き込んだ。

「ライハーンは器用じゃないけど、大切なことを選ぶ力はちゃんとありますよって、和香さんは書いていたんだ。私の遺すものから形見をひとつ選べば、そのときはきっと、生涯の伴侶を選ぶ決心もつくはずですって。だから形見は必ずひとつ。決してずるはしないようにって念押ししてあって、和香さんにしては珍しい論調だなと思っていたら、羨が来てくれた」

「——そうだったんだ」

「手紙を読んでも、はじめは全然ぴんとこなかったんだ。正直エドメのおかげでうんざりもしていたからね。しばらくはパートナーを持たなくていいと考えていたから、日本にいるあいだ

Ｓｕｂはいらないと思っていた。でもジョシュが変な気を回して手配してくれて、偶然きみに出会えて……和香さんの言ったとおりだと思った。あれほど愛おしさを感じたのは羨が初めてだったから」

当時の感情を思い出すように、ライハーンは一瞬遠くを見る目をした。

「会うつもりがなかったのに出会えたのも素晴らしい幸運だよね。結局、形見にもらうものを決めるより先に、絶対に羨を幸せにしたいって思えたんだ」

「ライハーン、最初からめちゃくちゃ俺に甘かったもんね」

「当然だよ、誰より大切なんだから」

力強く言われてまたキスされて、信じてもいいなと羨は思う。自分が彼の、完璧な半分なのだと、信じてみてもいい。羨自身は少しも完璧ではないけれど、ライハーンが選んでくれたのだから、少しは自信が持てるようになりたい。

「おまえなんか」と言われるような価値のないものではなくて、特別ななにものなのかだと。

この気持ちをどうやって伝えよう、と迷って、羨はもぞもぞ動いてライハーンの膝の上に乗った。尻を落ち着けてぺったりと全身を預け、至近距離で穏やかなライオンの顔を見つめる。

「俺も、会えてよかった」

ひとりで生きていくのではなく、ライハーンとふたりで生きていくことを選べてよかった。愛せること、愛してもらえることを知れてよかった。

言葉にしないその想いが必ず伝わると信じたとおり、ライハーンの表情が幸福そうに華やぐのを、羨はどこか誇らしい気分で見つめた。

あとがき

こんにちは、または初めまして。このたびは『共鳴するまま、見つめて愛されて』をお手に取っていただきありがとうございます。

突然ですが、あとがきは先に読む派ですか？ 最後に読む派ですか？ 紙の本しかなかったころは「あとがきが先派」の方もたくさんいたと思うのですが、電子書籍だと後読み派が多いかもですね。とはいえ、先読み派の方もいらっしゃるはずなので、今回も一応、あまりネタバレにならない内容を目指そうと思います。

このお話はざっくりジャンル分けするとＤｏｍ／Ｓｕｂです。もともと、ベッドの中で攻が「○○しなさい」と命令口調でえっちなことや優しいことを言って甘やかしてくれるシチュエーションが五億回書きたいほど好きなので、Ｄｏｍ／Ｓｕｂの命令する側とされる側という設定がすごく好きなのです。なので、コマンドは甘さに全振りしつつ、Ｄｏｍの性質のうち、「庇護欲」にスポットを当ててみました。優しく癒されるような恋が書きたい気分でもあったので、共鳴などオリジナルの設定も追加してみたのですが、いかがでしたでしょうか。

攻のライハーンは、強い立場なのに実はとても優しい、という設定がビジュアルでもわかるといいなと思って獣人さんにしてみました。カバー袖でも書いたとおり、ライオンの頭部でスーツ姿というのが単純に好きというのもあったのですが（笑）、北沢《きたざわ》きょう先生に私の脳内イメージより数倍素敵に仕上げていただいたので、この設定にしてよかったです！

受の羨は、ややきつめの美人系な外見で、過去の傷や脆《もろ》さを隠して精いっぱい強がっているタイプ。繊細な部分と頑固なところ、意志の強さがまじりあった性格という設定なのですが、こちらも北沢先生に最高のキャラデザインに仕上げていただき、上がってくる絵を見るたびため息が出ました。北沢先生、お忙しい中本当に素敵なイラストをありがとうございました！

小説でもライハーンと羨の、ボディタイプにかかわらないパーソナルな部分、どんな考え方をするのかとか、どうしてこういう性格なのかといったところが、いい感じに伝わっていたら嬉しいですし、Ｄｏｍ／Ｓｕｂならではの甘さや特別感にもときめいていただけたら幸せです。

今回は書きながらいっぱい迷子になってしまったのですが、辛抱強くご指導くださった担当さんに、この場を借りてお礼を申し上げます。校正や印刷、制作、流通販売に関わっている皆様も、いつもありがとうございます！

そしてここまでお読みくださった皆様も、最後まで目を通していただきありがとうございました。お気に入りのシーンなどありましたでしょうか。少しでも楽しい時間をお届けできていれば幸いです。ツイッターでは恒例のおまけＳＳを公開しますので、そちらも見てもらえたら嬉しいです。よろしければまた次の本でお会いしましょう！

二〇二三年二月　葵居《あおい》ゆゆ

カクテルキス文庫

Cocktail Kiss Label

好評発売中！！

◆葵居ゆゆ

青の王と花ひらくオメガ　笹原亜美 画　本体755円+税

キャラメル味の恋と幸せ　古澤エノ 画　本体760円+税

◆伊郷ルウ

天狐は花嫁を愛でる　明神 翼 画　本体639円+税

赤ちゃん狼が縁結び　小路龍流 画　本体685円+税

異世界で癒やしの神さまと熱愛　えとう綺羅 画　本体685円+税

熱砂の王子と白無垢の花嫁　えとう綺羅 画　本体685円+税

花嫁は豪華客船で熱砂の国へ　水綺鏡夜 画　本体685円+税

八咫鴉さまと幸せ子育て暮らし　すがはら竜 画　本体755円+税

虎の王様から求婚されました　古澤エノ 画　本体755円+税

お稲荷さまはナイショの恋人　すがはら竜 画　本体760円+税

異世界の後宮に間違って召喚されたけど、なぜか溺愛されてます！　明神 翼 画　本体760円+税

◆上原ありあ

囚われた砂の天使　有馬かつみ 画　本体639円+税

◆海野幸

ウサ耳オメガは素直になれない　小椋ムク 画　本体755円+税

◆えすみ梨奈

天才ヴァイオリニストに見初められちゃいましたっ！　立石 涼 画　本体685円+税

◆栗城 偲

嘘の欠片　一夜人見 画　本体755円+税

◆高岡ミズミ

恋のためらい愛の罪　蓮川 愛 画　本体632円+税

今宵、神様に嫁ぎます。～花嫁は強引に愛されて～　緒田涼歌 画　本体573円+税

恋のしずくと愛の蜜　蓮川 愛 画　本体639円+税

竜神様と僕とモモ～ほんわか子育て溺愛生活♥～　タカツキノボル 画　本体639円+税

情熱のかけら　えとう綺羅 画　本体685円+税

月と媚薬　立石 涼 画　本体685円+税

溺れるまなざし　やすだしのぐ 画　本体685円+税

オメガの純情～砂漠の王子と奇跡の子～　小山田あみ 画　本体755円+税

不器用な唇　First love　金ひかる 画　本体760円+税

不器用な唇　Sweet days　金ひかる 画　本体760円+税

◆橘かおる

神獣の寵愛～白銀と漆黒の狼～　明神 翼 画　本体573円+税

神獣の溺愛～狼たちのまどろみ～　明神 翼 画　本体630円+税

黒竜の花嫁～異世界で王太子サマに寵愛されてます～　稲荷家房之介 画　本体639円+税

神の花嫁　タカツキノボル 画　本体648円+税

レッドカーペットの煌星　明神 翼 画　本体685円+税

その唇に誓いの言葉を　実相寺紫子 画　本体685円+税

神主サマはスパダリでした　タカツキノボル 画　本体685円+税

黒竜の寵愛～異世界で王太子サマと新婚生活～　稲荷家房之介 画　本体685円+税

神様のお嫁様　タカツキノボル 画　本体685円+税

王宮騎士の溺愛　タカツキノボル 画　本体685円+税

妖精王と麗しの花嫁　香坂あきほ 画　本体685円+税

いつわりの甘い囁き　すがはら竜 画　本体755円+税

ツンデレ猫は、オレ様社長に溺愛される　香坂あきほ 画　本体755円+税

Cocktail Kiss Label

カクテルキス文庫をお買い上げいただきありがとうございます。
先生方へのファンレター、ご感想は
カクテルキス文庫編集部へお送りください。

〒102-0073　東京都千代田区九段北3-2-5 5F
株式会社Jパブリッシング　カクテルキス文庫編集部
「葵居ゆゆ先生」係　／　「北沢きょう先生」係

◆カクテルキス文庫HP◆ https://www.j-publishing.co.jp/cocktailkiss/

共鳴するまま、見つめて愛されて

2023年2月28日　初版発行

著　者　葵居ゆゆ
©Yuyu Aoi

発行人　藤居幸嗣

発行所　株式会社Jパブリッシング
〒102-0073　東京都千代田区九段北3-2-5 5F
TEL　03-3288-7907
FAX　03-3288-7880

印刷所　中央精版印刷株式会社

ISBN978-4-86669-550-1　Printed in JAPAN